U0465839

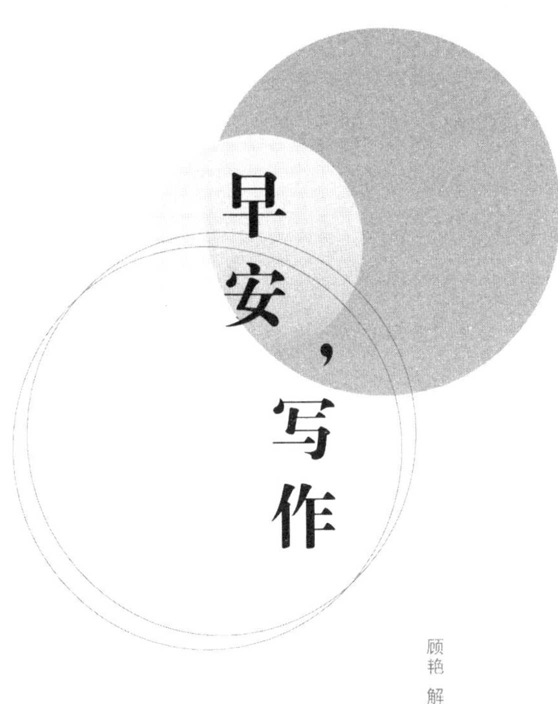

早安，写作

顾艳 解芳 著

江苏凤凰文艺出版社
JIANGSU PHOENIX LITERATURE AND ART PUBLISHING, LTD

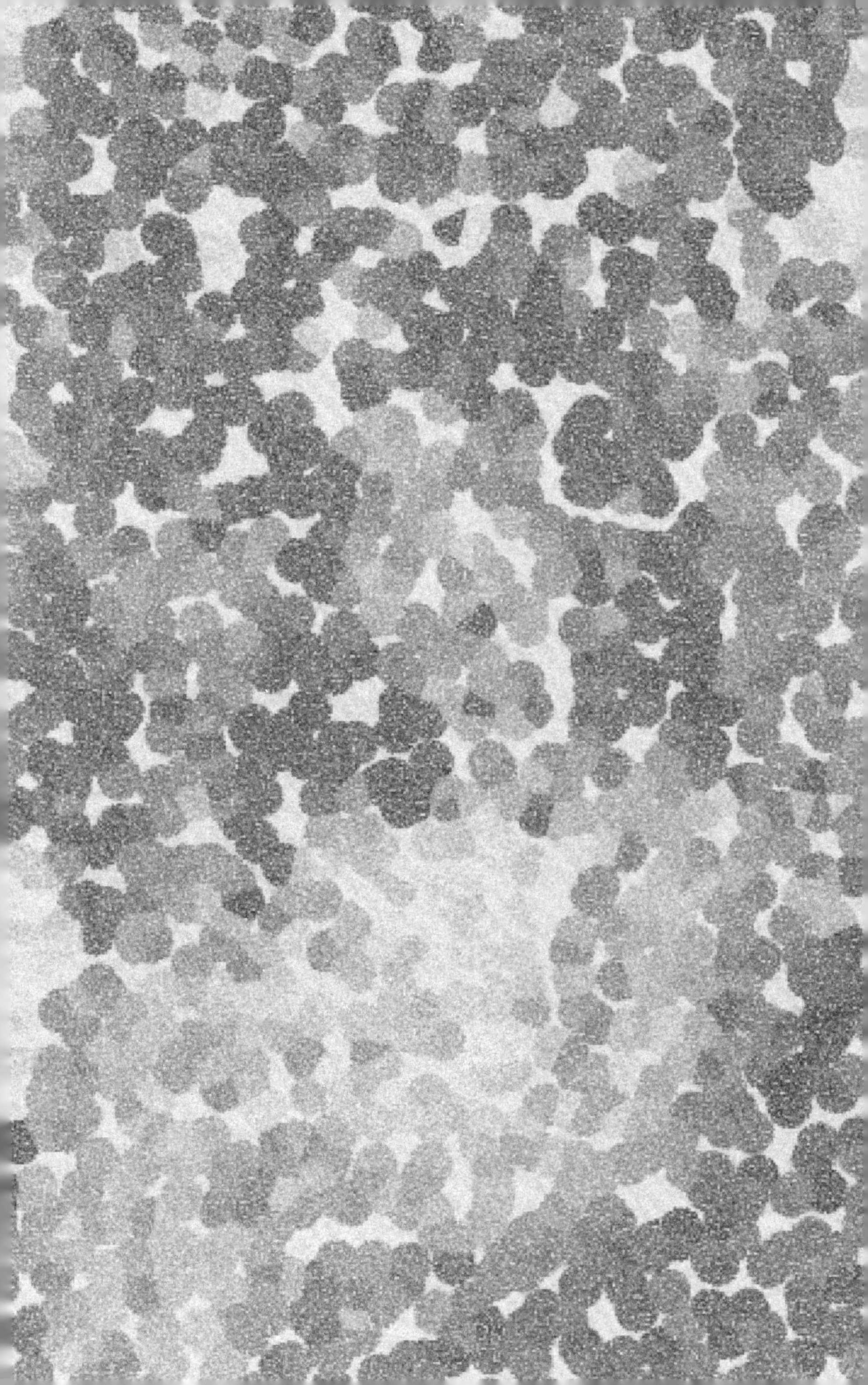

序

陈骏涛

认识顾艳有二十多年了。那还是在上个世纪的九十年代，文坛上相继出现了一批引人注目的女作家，顾艳也在其中之列。

顾艳从大学时代就开始写诗和写散文，1981 年她做学生的时候《北方文学》就发表了她的第一组诗歌，1989 年和 1992 年香港出版社曾率先出版过她的两本诗集《火的雕像》《西子荷》和一本散文集《轻罗小扇》。1996 年和 1998 年，顾艳相继在《特区文学》和作家出版社发表和出版了她的第一部长篇小说《杭州女人》。我注意到她的作品始于《杭州女人》，不久我们就在 1998 年 9 月举行的第四届女性文学研讨会上见面，之后又在 2000 年浙江省作家协会举办的顾艳创作研讨会上再度相见。

读了顾艳的《杭州女人》和第二部长篇小说《疼痛的飞翔》（2000 年版）之后，我的一个突出感觉是：这两部小说的女主人公形象，与作者本人十分相近，这其中自然有作者本人的生活境遇、情感经历和寻觅追寻的投影。这两部小说都明显地表现出一种自我倾诉式的精神探索性特点。

此后迄今的近二十年，也是顾艳继续探索和追寻的近二十年。

这近二十年，顾艳究竟发表和出版过多少作品？看看她新近提供的《顾艳创作年表》，我们将一目了然。其间她发表和出版过不少诗歌、散文随笔和人物评传类作品，这些作品自然不可忽视，但毋庸讳言，她的创作重心还是在小说，主要是长篇小说上。从1996年第一部《杭州女人》起，直到2011年《辛亥风云》止，历经十五年，她一共发表和出版了十部长篇小说。二十年，十部长篇，再加上人物评传，以及诗歌、散文、随笔等书的出版，可以算是一个多产作家了。何况顾艳还不是专职作家，她还身兼大学教授和家庭主管呢，而且几度赴美，一边当访问学者，一边仍然不忘写作。

如今，顾艳和解芳合著的散文随笔类书籍——人物印象记《早安，写作》，就要交付出版方出版了。这本是她们历年所写二十四个“作家印象”的结集，我在微信公众号上曾看到过几篇，勾起我对往昔文坛人、事的回忆。这次顾艳从遥远的美国邀我这个老相识为这本书写序，于是让我想起了1998年我也曾为她的第二部长篇小说《疼痛的飞翔》写过序，在这篇题为《顾艳：永远的追寻》的序文开头，我曾引用过她《心灵独白》中的一段话：

> 除了文学，没有一件事情可以长久地吸引我的兴趣和注意，只有写作才能够使我那样地锲而不舍、那样地不顾一切、那样地一往情深……

是的，文学仿佛是她的“终身伴侣”。在遥远的美利坚合众国的大学里做着访问学者的顾艳，在繁忙的日子里，仍然早起，写作，仍然与文学结下了不解之缘！

这本书中所写到的二十多个写作者，不管你是熟悉的还是不熟悉的，你不妨读一读。读下去，也许就能勾起你阅读的兴趣和对过往人事的回味呢！

2017 年 9 月 21 日夜草于北京耄耋斋

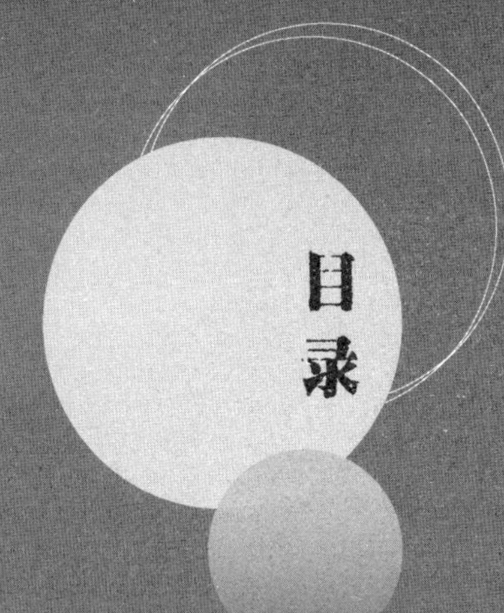

女作家

男作家

女作家

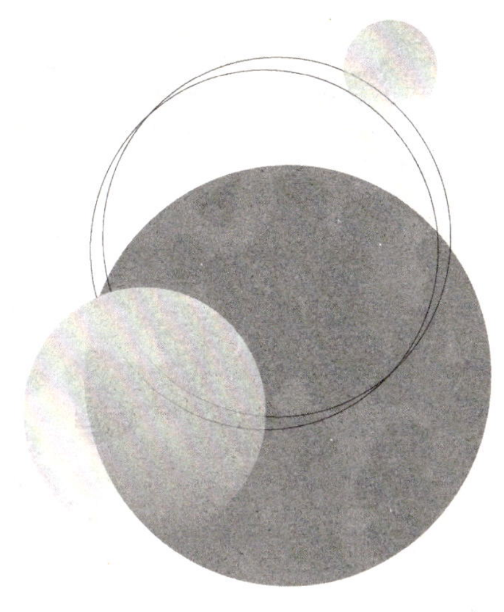

铁凝的艺术之魂

铁凝这个名字萦绕在我耳畔，已经二十多年了。

顾艳与铁凝　2007年11月北京

铁凝和解芳　2009年9月在美国斯坦福大学东亚系会议上

铁凝这个名字萦绕在我耳畔，已经二十多年了。记得第一次读她的小说，是 1980 年 12 月《小说月报》上的《灶火的故事》。这是一个农村题材的小说：一名叫灶火的六十多岁孤老头，托人从县里买来一架三个管的半导体收音机，当收音机里发出嘀嘀声响，他觉得与外界有了联系。这在当年是一个很独特的叙述视角，虽然它没有像作者后来的短篇小说《哦，香雪》和中篇小说《没有纽扣的红衬衫》那样走红，但它从容、细腻、老到的叙述风格，的确显现出作者扎实的艺术功力。为此，当时正读大一的我，就选择了这个小说做课堂作业的读后感。

第一次见到铁凝的照片，是在 1985 年 7 月的《小说选刊》上。那时她的《六月的话题》，获得了 1984 年全国优秀短篇小说奖。从照片上看，铁凝只有二十多岁，中分的头路，没有刘海，清纯的脸，眉清目秀，一双大眼睛笑得格外有神；圆形的照片上只露出一个中式服装的衣领，看上去具有古典美。从此，这个美丽的女性就烙进了我的心里。只要看到她的作品和照片，我都会认真拜读。我喜欢她写农村的小说，比如《麦秸垛》《棉花垛》《孕妇和牛》等，这些小说既有古老历史文化，也有关注女性的生存问题。理想与追求、矛盾与痛苦交融着一个个复杂的人物内心，读来令人荡气回肠。当年的我虽然还没有写小说，却是有点像现在的追星族那样，见到铁凝的作品必定买回家。

铁凝的书中有不少美丽的照片，每一张照片都是那么靓丽、那么有韵味，使你未见其人，那女儿“态”仿佛已经从书中走出来了；这就让我想认识她、见到她。然而，认识人需要缘分，一切随缘便是我的理念。

1998 年，我的散文集《欲望的火焰》和小说集《无家可归》与铁凝的散文集《想象胡同》和小说集《秀色》，很有缘分地在云南人民出版社“她们文丛”第三辑出版，这让我很高兴。我仿佛已认识她很多年了，虽然还没有见过面，但在我的内心深处，已是一种相知。

前不久，浙江省作家协会在杭州举办了一个全国性的作家节。我知道作为中国作家协会副主席的铁凝，一定会来杭州参加会议；但我并不一定有机会见到她。那天“无我茶会”结束后，我也去参加了“西湖论剑”文学论坛会。我去得比较早，选择了出入方便的前二排靠门口的座位。我坐下不久，突然意外地看见铁凝穿着黑色西装和套裙，风度翩翩地朝我这个方向走来。我情不自禁地冲她喊：“铁凝，我是顾艳。”她笑眯眯地在我身旁坐下来，道：“咦，你不是在美国吗？”

我们随即交谈了起来。简短的交谈，仿佛像老朋友久别重逢，一股亲切感油然而生。我送她一本新出版的散文集《岁月繁花》，还没等我签完字，她的座位前就排起了长队，人们都要她签名留念，遗憾的是论坛马上开始了。

与我道别后，铁凝走上台阶与陈忠实、莫言、李存葆、张抗抗等作家在台上就座。铁凝在论坛中说：“当代小说创作缺乏一种对人生、对生活的虚心之心、耐烦之心，我们这个社会正处于一个不耐烦的时代，有些作家对生活有些想当然，这些懒惰的、不虚心、不耐烦使我们看不到心灵更深处的走向，看不到时代的命脉，表达不出让读者信服的作品，产生不出令人震撼的力量。对人生要有虚心的态度、耐烦的态度，这样走得很慢，但很可靠。”铁凝的声音轻柔温和，但很有力量。我认同她的这一观点，并为她鼓掌。

在我二十多年阅读铁凝作品的过程中，无论她写农村的小说，还是城市的小说，总让我感觉她飞翔的灵魂，是在探寻人类心灵深处的走向和精神的归属。《玫瑰门》是铁凝第一部长篇小说，这部出版于二十世纪八十年代末的小说，无疑是当时先锋派小说中第一部比较创新的长篇小说。虽然它的故事相当单纯，人物也不多，主题是对“文革”的讽刺与抗议，但它的结构和语言吸收了不少西方的东西，其作品的精神内核是超低空飞翔的。飞翔着的是铁凝的艺术之魂，我无法触摸它，只能感受着它是如何从苦难中走过来的。

今年春节，我的朋友吴瑞卿从美国来杭州看我，与我共度除夕和新岁。我们两个人在家里过大年夜，吴瑞卿做的港式清蒸鲈鱼格外好吃。我们葡萄美酒夜光杯，一边吃、一边聊。我们聊着聊着就聊到了铁凝，还有她的短篇小说《孕妇和牛》。

吴瑞卿原是中国香港中文大学的哲学博士，具有一定的审美鉴赏力。我与铁凝都是先后在美国与吴瑞卿相识并成为朋友的。吴瑞卿是一个热情真挚又学问渊博的知识女性，2000 年 10 月她兴致勃勃地赶去石家庄看望铁凝。

吃罢年夜饭，我与吴瑞卿说我要给铁凝打电话拜年，顺便告知她一下广州《作品》杂志编辑艾云女士约我写她文章的事。其实，我和吴瑞卿一个下午都在聊有关铁凝的话题，只不过我们在拜访郁达夫故居、胡雪岩故居时说说，停停，看看。

电话打通了，接电话是一个男人的声音。我猜，是铁凝的父亲。我知道铁凝父亲铁扬先生是一位著名的风景、静物画家，我曾读过他的一些画。他的画有北方深秋棕红色的大山，明丽爽朗的蓝天，缠绵散漫的河滩、流水，还有早春充满生机的果园等，但在电话里我不敢冒昧，还是说：“谢谢您，我找铁凝。”

一会儿，铁凝轻柔温和的声音从电话中传来，悦耳动听。我们在电话上闲聊着，彼此送上一份真诚的祝福。聊着聊着，我心里就想让吴瑞卿也和铁凝说说话。于是，为了给铁凝一个惊喜，我在电话中没有告诉铁凝吴瑞卿在我家里，只说："你等一下，有一个朋友要与你说话。"

"你好铁凝，我是吴瑞卿。"吴瑞卿接过电话，声音爽朗而开心。我觉得好朋友在电话上相聚，就像在身边一样。吴瑞卿说完电话，铁凝又与我说了一会儿，我们互道珍重，才依依不舍地搁下电话。这时我想女性与女性的心灵沟通，是能够走向辽阔而深邃的。

其实，吴瑞卿与铁凝的通话中，并非仅仅与铁凝一个人聊天，她还与铁凝的父亲和母亲都说了话。吴瑞卿告诉我铁凝爸爸在电话中说："啊呀，好想你啊！还记得，当然记得。我今年开两个画展，一个在东京，还有一个……"吴瑞卿也告诉我铁凝妈妈在电话中说："我还在弹琴、唱歌，一切都很好、很开心啊！"最后，吴瑞卿告诉我铁凝在电话中与她说："我们别说那么多了，这是顾艳家里的电话，要用她的电话费的。"

铁凝真是一个细心的人，为别人着想的人。其实，电话费只一点点钱，就是聊上几个小时我也很开心。真情难得，何况又是过新年，千万个祝福都在这根匍匐而行的电话线中呢！

大年初一，我、女儿解芳与吴瑞卿一起去九溪十八涧游玩。傍晚，我们到杭州"知味观"共进晚餐。晚餐中，吴瑞卿意味深长地与我谈起了去看望铁凝时的情景。她说铁凝的家有二层，楼梯就在自己家中。楼上是书房、卧室与工作室；楼下是厨房、客厅与卫生间。铁凝把家布置得很典雅，艺术质感和艺术氛围都很浓郁。铁凝是个很孝顺父母的女儿，她带吴瑞卿去见父母，吴瑞卿觉得铁凝望着父母时的眼神是那样恭敬体贴，这在如今的年轻人中不多见。

铁凝的父母都是真诚、正直、热情、好客的艺术家和音乐家，铁凝的父亲常常对女儿说："要用自己的眼睛去发现。对待艺术，对待生活，都要真诚。"铁凝的眼睛是明亮而真诚的，这里面也许有父亲给予她的影响。

吴瑞卿要离开石家庄的那天，铁凝的父亲画家铁扬先生给吴瑞卿亲自做了一份三明治，让她带到火车上吃。铁扬先生对吴瑞卿说："不好吃，你也得吃啊！"吴瑞卿很感动，开心地由铁凝与铁凝的父母一直把她送进火车站，等到火车开动的那一刻，她的眼里因感动而流出一滴滚圆的泪。

我们一边吃饭、一边聊天，吴瑞卿谈到铁凝时就会眼睛发亮。接着，她又说："铁凝是一个很有人情味的人，她既有艺术家的气质，又有普通人的亲和力；非常有才华，又办事踏实认真。这与她的家庭教育有关。"

我虽与铁凝只一面之缘，但感觉也是这样。我知道铁凝是睿智的，她的许多选择都会与常人不一样。比如：1975 年她高中毕业，完全可以留城或当兵，但她却出人意料地去农村插队落户。直到今天，她与农村的感情依然至亲至纯。农民的苦难，仿佛就是她的苦难。她曾说："我能够像农民对土地深深地弯下腰去那样，对生活深深地弯下腰去，以更宽广的胸襟营养心灵、体贴生活；不敷衍我们所处的时代，不敷衍我的笔、我的灵魂、我的读者。"

大年初一晚上，我们就餐的杭州"知味馆"的灯光一盏盏暗了下来，这是餐馆打烊前的表示。然而，吴瑞卿依旧兴味很浓地继续说："那年我在河北教育出版社出版了散文集《没有天使的天使岛》，剩下来的稿费有三千多元人民币，我让铁凝捐赠给贫穷的人。铁凝后来帮我把这笔钱捐赠给了河北一个贫穷的小学，买了课桌椅。事后，铁凝把买课桌椅的收据和地方小报的报道资料，一并寄给了我。你想她那么忙，却这样认真、仔细地办着事。”吴瑞卿说到这里，会心地笑着。

在我的书橱里有不少铁凝的书。从长篇小说《玫瑰门》《无雨之城》《大浴女》，到小说集和散文随笔集，到最近出版的艺术随笔集《遥远的完美》。《遥远的完美》是一本绘画局外人谈绘画的书，从字里行间可以看出作者的学养、思想和艺术品质，也可以看出作者领悟艺术的奥妙和人生的真谛，以及不断升华的灵魂。

阅读这些作品，我相信文学的纯洁、铁凝的纯洁。铁凝是获过多次全国中短篇小说奖，第二届鲁迅文学奖和首届老舍文学奖的女作家，但她没有大作家的架子和傲气。我想她就像当年在农村挑着一副大水桶，步子迈得又稳又快那样，在文学的道路上不断地探索、追问，使之渴望能够对人类精神深处做更深的发掘。

现在，吴瑞卿已经回美国去了。独自坐在书房的我，在窗外的绵绵细雨中，写完了《铁凝的艺术之魂》。搁笔后，正当我心里有些忐忑不安时，却无意中在一本画册上看到了一帧铁凝“无限风光在高原”的照片。这张照片上的铁凝，清朗的笑容里让我看到一个艺术家的灵魂正冉冉飞入云端；而云是一切真正艺术家最孤独的归宿呵！

2004 年 1 月 28 日于杭州

载于《作品》2004 年 5 月

载于美国旧金山《美华文学》2004 年秋季号（总第 55 期）

载于《楚天都市报》2006 年 11 月 16 日

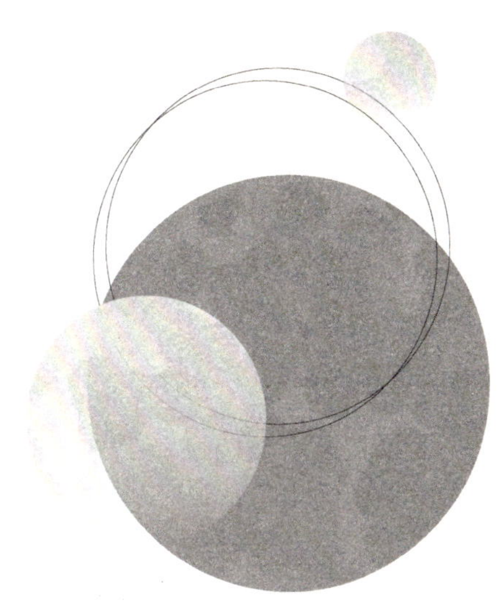

把孤独绘成风景

——方方印象

与方方在一起，她宽厚温和的性格，让我开心、放松、自由。

上午，接到艾云的紧急约稿电话后，我一直在给方方打电话。然而，电话铃声“吱啦啦”响了半天没人接，我不免有点着急起来。因为第二天我要去广州参加“第二届中国女诗人学术研讨会”，怕一天内完不成写作任务；那么，艾云的编稿工作就来不及了。

时光一点点地流逝，我像热锅上的蚂蚁，双手不停地拨着方方家的电话和她的手机。手机是关的，宅电是没有人接的。方方去了哪里？作为好友，我莫名其妙地为她担心起来，担心她的身体。因为，前不久她病着，我不知道她是否康复？终于，一个爽朗的声音从话筒里传来，我惊喜地说：“方方，你上午去了哪里？”

“我去接林白了。她在我家里，你与她说话吧！”

“先与你说。”

与方方在电话上聊天，就像与她在身边聊天一样。她的音质是洪亮的。她的说话是机智幽默的。她的性格是开朗大度的。她“哈哈”的笑声，从一根匍匐而行的电话线中传来，醉得我脸上也浮起朝霞般的红晕。

我认识方方已经很久了，最早阅读方方的作品是她的诗歌。二十世纪八十年代初，方方的诗很朴素，也很有哲理。而我当时正一首首地写着西湖抒情诗，相比之下，我忽然顿悟我的西湖抒情诗，虽然优美却没有力量。为了“力量”二字，我对写西湖抒情诗有了重新认识——抒情与哲理思辨相交融。当然，我也明白艺术的力量在于对精神的特殊敏感，精神只对战栗的灵魂而升华。

那时候在诗歌刊物上，我总是在寻找一个叫汪芳的诗人；只是她仿佛像流星一样消失了。若干年后，我在一篇文章中得知那个当年署名汪芳的诗人，就是小说家方方。

方方的小说，我读过不少。她发表在 1981 年《长江文艺》上的小说处女作《大篷车上》，与她的诗歌风格相近。当时，我认为她小说的写实风格，是从她诗歌那里拓展过来的，也更加与她的生活经历有关。

由于，她父亲去世早。由于，她兄长都在外地工作。方方把家里的重担一肩挑。家里的主意由她拿。她是那种很孝顺父母的女孩儿。没上大学前，为了养家糊口，她瞒着母亲当了四年的装卸工。装卸工是社会最底层的工作，它需要拉板车、扛大包，付出的不仅仅是力气和血汗，还有女孩儿的自尊与虚荣。我深有同感。因为，我曾经也有一小段时间在运输公司，与底层工人同呼吸、共命运。我对方方的理解，也就有了比较深入的感觉。

人生在世，很多事情倘若不是你真正的切身体验，不是你真正的孤独与痛苦，那么你的思想与心智，便很难真正地成长与成熟。方方是成熟的。成熟的她对读者说："我写小说，从内心出发。""我写小说也是一种倾诉的需要。实际上你作为一个个体，在世界上是很孤独的。""这个世界上是没有听众的。哪怕你跟朋友讲也好，跟你的亲戚讲也好，没有人耐烦听下去的。还有你内心很内在很隐秘的东西，或者是一种很复杂的感情，你是很难说出口的。很多事情它只能用文字来表达。"

二十世纪八十年代中期，我在《小说选刊》和《小说月报》上，不断读到方方的小说。方方的小说从《风景》走向成熟，获得了很高的赞扬和认同。接下来，《祖父在父亲心中》《埋伏》等一系列小说也都没有让读者失望。

方方的小说不是一副面孔，它是多层次的。比如：比较冷峻揭示人生世相的《风景》；比较深沉透视家族历史的《祖父在父亲心中》；比较轻松玩笑世间物事的《白驹》。从这三种类型，足以看出方方写小说的天赋不仅是与生俱来的，同时也是一直在思考着和思想着的。

我与方方第一次见面，是在1993年2月海南岛“椰城之春”笔会上。那时候，我虽然已经写作十多年，但刚开始写小说，属于无名之辈。到了会上发现除我之外，被邀请的都是全国著名作家，如：谌容、叶楠、张抗抗、方方、池莉、赵玫等，我就心里怯怯的，很自知之明地有一份矜持与害羞。其实，我的矜持与害羞是多余的。会上的每一个人，对我都很好。方方与赵玫，几乎与我形影不离地在一起。我们在南中国海滨沙滩上，赤着脚蹲在沙地上把一个个沙虫躲藏的洞穴摧毁，将挖掘出来的沙虫装满斗笠。

方方那时候瘦瘦的，穿一件白色衬衣，外加咖啡底色上缀着满天星的背带裙，看上去像少女般清纯。那几天，我们合过不少影。她最喜欢与我在沙滩上的那一张合影。她把那一张合影用过许多刊物，如：《作家》杂志，河北教育出版社《方方影记》等。

与方方在一起，她宽厚温和的性格，让我开心、放松、自由。在海南岛的某一天，我们要坐在讲台上与大学生对话。我知道这个消息后，吓坏了，一心想逃跑。后来，我把这个想法告诉方方，方方说：“你别怕，谁都是从无名到有名的。你要向有名的挑战，超过他们。”方方的话，无疑给了我许多自信。

椰城笔会结束不久，方方接手主办了《今日名流》杂志。从她给我寄来的刊物看，我并没有惊讶她的这一举措。一个优秀作家，同时也可以是一个优秀的编辑家。方方勤奋又勤劳，智慧又有主心骨，不愁办不好杂志。事实的确如此，《今日名流》在方方的理念与操持下，有着与众不同的形象与气派。它成了湖北省

顾艳与方方　1993年2月在三亚

原刊文章转载率最高的杂志之一。除了办杂志，方方最重要的工作还是写作。那些年她在着手写她的长篇新作。

我与方方在“椰城之春”笔会后，一直断断续续地联系着。有时候通一个电话，有时候寄一本自己的新书给对方，这一份温馨像溪水一样渐渐地融于血液。许多时候，我在方方赠我的随笔集里，感受着她的某些生活细节和灵光一闪的智慧。

方方有一个宝贝女儿叫毛妹。方方每次出差，总不忘给毛妹带回吃的和玩的。那一份母爱，洋溢在方方脸上是多么地幸福。方方的确很能干，写作、带孩子、做家务、办杂志、外出开会样样拿得起，干得好。

知道方方离异有很多年了，心里的牵挂也随着岁月的流逝多了起来。毕竟我们都是女人，单身女人带一个孩子，支撑一个家庭，其中的酸甜苦辣又能与谁去叙说？因此，除了写字还是写字，写字仿佛就是写作女人的一根救命稻草。所以，无论方方有多么开朗温和的性格，她的内心始终有一份很深的孤独与忧伤。也许，这份孤独与忧伤不是阳光下的方方，而是在黑夜、在星光闪烁时分，隐隐地伴着她。

那些年，方方被很多评论家列入新写实主义流派的代表作家之一。其实，方方的作品不仅仅属于一个流派，它是属于人类的。她四处开花，朵朵灿烂的作品，也不仅仅是新写实，更还有历史的，女性问题的成分浸透其中。我知道方方是个比较喜欢读历史书和历史学家的学术著作的作家，这使她的作品不仅有一种纵深感，而且还大气、传奇与深刻。

《乌泥湖年谱》，是方方近些年出版的一部相当不错的长篇小说。读她的这部长篇小说，很容易让我想起巴赫的复调音乐。一个人同时弹奏两种不同的旋律，需要技巧和功力。方方在这部作品中，用独白与对白使“独白”这一传统小说技巧，获得了全新的艺术生命。因此，我认为《乌泥湖年谱》，无论是思想内容还是写作技巧，都有一种相当的难度。

方方写这部作品，无疑是对自己的一个挑战，她成功了。这绝不是偶然的，也不仅仅是“从内心出发，写自己喜欢的东西”，而是思想、思考与对社会的关注，这些已浸透在她的潜意识里，她才没有了“那个时候写作品是不放松的”感觉。

2001年10月，方方打电话约我写一部《到莫干山看老别墅》的书。她告诉我她的《到庐山看老别墅》，出得很漂亮、很精致，这对我很有诱惑。更有诱惑的是，我也想进入一些历史方面的写作。

我写《到莫干山看老别墅》的时候，已经快十年没有见到方方了。每次与她通电话，我的想象还是停留在“椰城之春”她那小女孩儿般的清纯模样。

后来，方方终于有了杭州之行。十年后的重逢，她似乎比从前更有风度和魅力了。我知道她获过全国奖和很多其他奖项，也出访过很多国家。无论学识、见识和器识，她已经都很丰厚而明慧了。不过，她在成就面前很低调、不张扬。我的书橱里有她的五卷本文集，还有她的长篇小说和随笔集。她是我朋友中，写作最勤奋的人之一。她的勤奋，常常让我汗颜自己的懒惰。她的勤奋，也常常让我想起“工作着是美丽的”。

那天，我陪她去老浙大之江校区看校舍，看校舍的方方其目的是为了将来的工作做准备。无论到哪里，她心里都会装着工作，都会有意识地去关注外部世界。这是一个有责任感与使命感的优秀作家必备的素质。那天我还陪她去了丝绸市场，方方对丝绸织品情有独钟。我们一家家店铺逛过去，她对衣料与款式有自己独特的眼光。你别看她穿着随意，其实那“随意”是通过审美之后的随意。她的许多涵养，就包含在她的“随意”之中。

从前的女人大多拥有一双漂亮的绣花鞋，那是很女儿心肠的。没想到方方也喜欢绣花鞋，她说驾车穿上它很舒服。我们在挑选绣花鞋时，方方的目光是温和的，语音是温和的，在她试鞋的一刹那，我感觉她仿佛娉娉婷婷地从清朝走来。

最近，我又读了她近年发表在杂志上的一些中篇小说。比如：《有爱无爱都铭心刻骨》《奔跑的火光》《树树皆秋色》等。方方的某些小说与池莉一样是写市民生活的，只是审视生活的角度与内在精神品格的提炼与追求不同，才有了质的不同。方方的小说似乎更注重“品格”，她把作品提升到一种境界，让读者有思考与回味的余地。

现在，我这篇文章想为她拟“一个孤独的思想者”的题目。尽管她给人的力量，不是来自她思想的直接表述，但我以为在她那些充满内在张力的小说里，无疑是她把思想、敏感和尖锐的触角融化在小说的方方面面里了，这比直接表述思想更不容易。因此，一个思想者是孤独的。

我没有去过武汉，也没有去过方方的家。据说，方方如今住在一栋舒适的房子里，一楼一底，还有一个小花园。花园里栽种着桂花树、蜡梅树、桃树等。我的想象马上飞了起来，方方是个有情趣的人，她电话里告诉我她最近在写一部《汉口——沧桑往事》的书；我想她写作之余，也许在黄昏时分漫步在小花园里，一边看落日、一边听虫鸣、一边思想着。这时候另一个她——踽踽独行的灵魂，将行走在苍茫大地上，呼吸着大地的呼吸。

2004 年 5 月 18 日于杭州天水斋

载于《作品》2004 年 6 月

载于《作家文摘》2004 年 7 月 3 日

载于《楚天都市报》2004 年 10 月

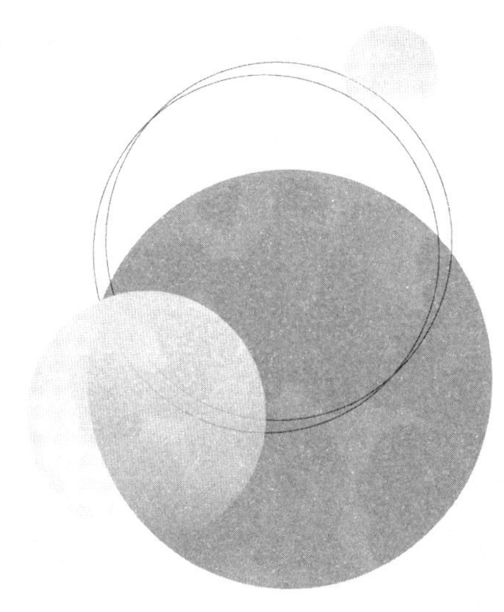

尽终生的力量为人类而写作

——张洁印象

不知该怎么来写张洁，她就像我心中的“神”一样。

张洁

不知该怎么来写张洁，她就像我心中的“神”一样。自从1980年第一次读她的小说《爱，是不能忘记的》，到最近读她发在《收获》上的新长篇小说《知在》，已经过去了二十六年。虽然她已是一个年近七十的老人，但你丝毫感觉不到她的“老化”，她的心态很年轻。她不像有些作家，人到中年以后便磨平了年轻时的锐气，多了总结，少了前进和怀疑。她依然是那样地充满激情，从没停止过前进的步伐。我想这就是她自《沉重的翅膀》获第二届茅盾文学奖后，又能让八十万字的皇皇巨著《无字》，获第六届茅盾文学奖的理由之一吧！

1993年深秋，我在北京的马路上见到张洁时，她穿着一件藏青蓝的风衣，波浪形的长卷发旁有一副长长的圆形耳环，映照着她鹅蛋脸白皙的皮肤。瘦瘦高高的身材，苗条而独具风韵。她是那么地亮丽，让我惊叹岁月并没有在她身上流走。那天她说是出来到花店买花的，虽然我没有去过她家，但从买花为自己欣赏中，便知道她是一个懂得生活情趣的人。如果要我说对张洁的理解与懂得，那么都是从读她的作品而来的。一个读者喜欢她挚爱的作家，其引起的关注是虔诚而内在的。

我喜欢张洁不是因为最早读了《爱，是不能忘记的》，而是有一天读了她的某篇自述散文。我被她笔下苦难的经历和坚韧的毅力深深打动了。她在散文中说：“我本以为，这一辈子再无出路了。偏偏我生来不甘屈服。那时我已年近四十，心力、体力都不允许我再做片刻的迟疑，但是除了痛苦的人生经验，我几乎是赤手空拳。……当我第一次把稿费交给母亲的时候，我对她说：‘妈，我们终于有钱了，您可不必再去卖冰棍、卖牛奶了。’母亲哭了。”

我喜欢作家作品中，有滴着血的疼痛的倾诉。

作家张洁早期的作品有《爱，是不能忘记的》《从森林里来的孩子》《祖母绿》等。从这些作品中我感受到一股浓浓的古典和童话般的气息，仿佛透着她本人一颗年轻的心和优雅的气质。在遭遇“文革”十年劫难后，张洁眼中的世界仍然是美好的。她把这种美好在那个叫孙长宁的“从森林里来的孩子”中显现出来。因而，孙长宁的明亮、质朴，仿佛预示着中国日后在前进中的嘹亮笛声。

探索中前进的作家，不会满足自己固有的风格；求变是意料之中的事。张洁忽然从古典童话般的写作，转而进入现实主义的宏大叙事，如作品《谁生活得更美好》《条件尚未成熟》《方舟》《沉重的翅膀》等。其作品中的政治色彩，有着鲜明的印记，相当不容易。

文学与社会，文学与政治，文学与人文关怀，都是息息相关的。我所惊讶的是这种转变，别人要花几年或几十年，而她仿佛一夜之间就脱胎换骨了。她不再理想和浪漫，不再继续她古老的文学主题。她要以一种冷静的、客观的、老练的眼光审视生活，观照文学。

无论《条件尚未成熟》，还是《沉重的翅膀》，其冷峻的现实主义笔力，不仅是她在创造小说，而小说也在创造她。她让我看到了一个全新的张洁，看到了她身上无穷的潜力和创造力。你没法不认同她从理想和浪漫的情怀中，一下进入冷峭的成熟与深邃。比如小说《条件尚未成熟》中，张洁对知识分子的阴暗心理，给予了无情的解剖；比如小说《沉重的翅膀》中，那种紧紧追随改革，其政治意识和对现实的透视力，都超越了纯个人生活和个体情感的体验。宏大的叙述，在人情、人性的贯穿中显得很有张力，同时也并不感到涩而坚硬。我想张洁倘若不抛弃唯美浪漫的情致，那么何以消解积垢在现实人生中的假、丑、恶？

在张洁的早期小说中，我还喜欢她的中篇小说《方舟》。这是一部讲女人的小说。开篇的题记：“你将格外地不幸，因为你是女人。”这句话很容易让我想起一个幽怨的女人，在世俗人生的愤懑中遭遇着不幸，但又无可奈何。在小说中张洁通过荆华、柳泉、梁倩这三个女性人物，以反叛和受挫的心态，给予以男性为中心的世界以对抗的勇气。尽管在对抗中有失望与悲哀，然而女人的人格独立意识的觉醒，便是这部小说的意义与关键所在。

从张洁这些小说看他们那一代人的苦涩与隐秘，其动人之处是难以忘怀的。我想，一个女作家的转型是否能够获得成功，是与她敏锐犀利的眼光、冷眼看世界的本领、审美中的艺术感悟力和成熟的心态紧密相关的。

大约是 1994 年春，我在某个杂志上读到张洁的《世界上最疼我的那个人去了》。我没有把它当小说读，感觉中完全是纪实文学。那哀婉如泣、肝肠寸断的文字，让我好久好久沉浸在作品悲伤的氛围里。母女情深。在母亲生命的尽头，张洁尽心尽力地给予医护，陪伴、伺候在母亲身边。她叙述中的很多细节，至今令我记忆犹新。据说，这个作品后来被拍成了电影。我没有看过电影，想象中，电影与我看过的纪实文字，也许有所出入吧！

我知道张洁的女儿在美国，她时常会去女儿那里住一阵。但她绝对不是那种到了美国，就变得没有腿、没有嘴的人。她会学英语，甚至还想学开车呢！她不仅老早就会用电脑，会发邮件，上 MSN 对话框，还会在电脑上设计书的封面，画画，很艺术地制作自己的摄影作品。

除了对生活的热爱，你也可看出张洁是一块海绵，不断丰富着、吸取着外来世界的营养。她说："我对什么事情都好奇，我到了国外，没见过的东西，都要试一试。所有吃的东西都要尝一尝，好吃的我就继续吃，不好吃的我就扔了。"一个内省的人，一个很独立的人，最向往的是过世外桃源般的简单生活。她说："真应该感谢上帝给了我一个作家的工作，不必在复杂的人事关系中来回扑腾；生活不会被他人安排，时间不会被无情切割。"

在我的脑海里，想到张洁时就会想到苏东坡。也许，他们有着某一丝的相似。比如，苏东坡一干什么就流行，东坡帽、东坡肉的；而张洁一写小说便获奖，小奖、大奖，一直到二度获茅盾奖，真是神了。当然，这"神"，点点滴滴都是她的勤奋、智慧与把身家性命交给文学写作的结果。

张洁 1937 年出生在北京，1960 年毕业于中国人民大学，1978 年开始发表文学作品。除了获国家大奖，她还在 1989 年获意大利马拉帕蒂国际文学奖，1992 年被美国文学艺术院选为荣誉院士。张洁把这些看得很淡。她内心最渴望的是能够每天闷下头来写作，好好写，认真写，对得起手里的笔和纸。

1999 年 1 月，上海文艺出版社的资深编辑张森先生寄我一本张洁新出的长篇小说《无字》。读完后，我感慨良多，认为这是一部作者从灵魂中重新揭开伤疤，让血淋淋的伤口在太阳底下暴晒的小说。写这样的小说，需要很大的勇气，我对作者产生了深深的敬意。如果不是匆匆忙忙要去台湾，我会逐字逐句读得更仔细些。然而，从台湾回来我总有忙不完的事，比如女儿考学，比如我要找人装修房子。这样我把重读《无字》一书的事，就此搁下了。

一晃，又是几年过去了。2004 年夏，我与女儿去北京旅游，在与林白见面喝茶聊天时，我们又聊到了张洁。聊到张洁，我便说她的《无字》已出三部了。林白说：“那你去看看张洁吧！”我说：“我一到北京就给她家打电话了，没人接，许是她去美国女儿那里了吧！”

这年冬天，我女儿又要考学了。我天天陪着她复习功课时，就开始读张洁的三卷本《无字》。读完三卷本《无字》，我似乎变得哑口无言了，觉得怎么说也是说不尽的了。

从三卷本《无字》中，我可以看到作者的心态。如果说《沉重的翅膀》有着对政治的狂热向往（当然那种向往也许是小时候梦想当革命者的愿望。这种愿望小时候我也有，我看了《古丽雅的道路》就想当革命者了。牺牲、献身多么好。），那么，《无字》便是内省式的自我解剖；但它又不是在个体之中对自己的总结，而是通过对他们那一代人的描述，着重呈现了一百年来在被动中，中国式的女性的破碎经验、宗教式的母亲经验、紧张的性爱经验。我以为最能概括这三卷本的，是她开篇的那一句：“在一个阴霾的早晨，那女人坐在窗前向路上望着……”

女人为爱而生，这是几千年来中国女人的命脉。此书，最大的揭示也是这一主题。比如吴为的母亲叶莲子与她的男人顾秋水的情爱恩怨。这个旧式的中国女人，一生都生活在这个男人的阴影里，至死不能忘记；而吴为与母亲不同的是，她吸取了母亲的某些教训；其内在精神上的爱情追求，是一脉相承的。她与母亲不同的是能够用救命稻草“写作”这一方式，来实现自我生存价值的“自转”；但精神上仍然期待与恪守着一个她认为是“他们这个阶级里的精品男人”的胡秉宸。虽然最后是“有情人终成眷属”，可期待与想象在现实面前终归有距离。那么以女主人公吴为的性格，怎能经受得起她心目中所需要的至亲至纯、来不得半点虚假与玩弄的爱情？情何以堪，她的且疯且死也是顺理成章的事了。

这三卷本的《无字》，故事只是表达作家对历史、对社会、对人生思考的一种方法；其更深邃的理念，是对人类的关怀。所以，读者无须陷入书中人物恨世的仇视中。人，如果没有恩怨情仇，也不成其为人了。关键是读者在小说中，除了故事看见了什么？你看见了胡秉宸对信仰、对革命事业的忠诚吗？你看见了顾秋水也讲义气与承诺吗？纵然是一部八十万言的大书，也很难穷尽一个作家对社会、对人生、对命运的全部思考。

张洁是非常用功勤奋的，以致我都不敢常打电话去干扰她的宁静。这部《无字》，字字都是她的心血。从题目《无字》看，很有哲学意味。从人物名字看，如吴为，我就老想着“无为”。“无为”就是一种空，即入世的空与出世的空。在张洁的小说创作中，这部《无字》是她比较满意的一部书；也的确是一部记录了那一代中国男人的奋斗史，以及那一代女性的中国式经验的具有历史意义与价值的书。这不是说张洁的小说已经完美无缺了，比如在她拥有激情的同时，字里行间是否能在审视中增加一些审美的静观？

春节前的一个月，我一直在北大附近的小旅馆里陪女儿复习GRE；后来小旅馆里来了位报考音乐学院的小提琴旅客，虽然是动听的音乐，女儿也只好又搬回北大寝室去复习了。那几天，我很想去张洁家里看看她，但我最终还是没有去。因为，我与她每次通电话，都觉得她一个人生活得很好，很充实，也就放心了。

回到杭州后，我收到第一期《收获》，在头条看到了她的新作长篇小说《知在》。这是一部关于一幅画的故事，小说的故事背景放在国外。这也许与她经常出国，感受到浓浓的异国生活气息有关吧！

如果说，世界上什么是幸福，那么一个人的成就感便是结结实实的幸福。我想如果按照这个逻辑，张洁能够不断地写出好作品，应该就是一个最幸福的人了。我记得她说过一句话："如果这一句修改得比上一句好，就觉得在进步，进步总使人感到快乐。"是呵！如果说幸福是奢侈，那么快乐就是每一个人都可以争取的事。我一直在争取着把张洁的长处和优点学到手，以她为楷模便是我心中的快乐。

2006 年 2 月 28 日于杭州天水斋

载于《作家》2006 年 7 月

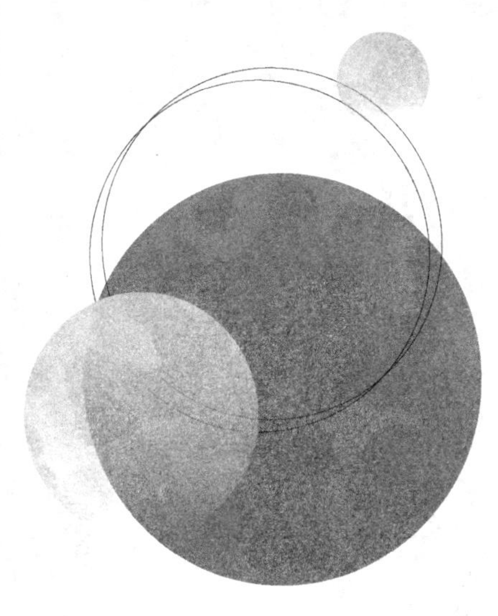

在漂泊中抒写与升华

——记张抗抗

在我眼里，这位杭州少女“流浪”北方后，气质上虽然南北兼容，但骨子里仍然流淌着江南女人温婉细腻的神韵。

顾艳与张抗抗　2003年10月在杭州

我与张抗抗见面是1992年初。她回杭州探亲时，她妹妹帮我们约好时间，我就去她父母家拜望她了。她父母家离我家只半站路，感觉就是近邻。从读她第一篇小说《夏》，到第一次与她会面，整整隔了十二年。而这十二年中，她已从黑龙江搬到北京定居了。在我眼里，这位杭州少女“流浪”北方后，气质上虽然南北兼容，但骨子里仍然流淌着江南女人温婉细腻的神韵。

上世纪八十年代初的一个夏天，我读张抗抗短篇小说《夏》时，刚刚二十出头，并不知道抗抗是杭州人。我被她笔下描写的哈尔滨、松花江、北国生机勃勃的夏天，还有中文系、文学社所吸引。自从我哥哥去了黑龙江依兰农场插队落户，我对黑龙江那片土地就格外神往。同时，抗抗小说里中文系“仲夏”文学社的活动，对我这个即将就读中文系的女孩是一种启蒙。

我喜欢上了这个小说。

接着，我又读了抗抗的中篇小说《淡淡的晨雾》和《北极光》。我的北国风光情结，最初是读抗抗这三个小说得到满足的。比如《淡淡的晨雾》，一开始就说：“松花江流尽了最后一块冰排。”有了“冰排”这意象，我就胡思乱想起来，想象着“冰排”在江面上的多种样子。

照理二十出头的我，该是喜欢故事的年龄，但我却喜欢她小说中的诗意和在曲折故事中的理念，还有背景中的“夏”和清晨的“雾”，使我对人物的生存与精神状态作一番思悟。因此，无论是《淡淡的晨雾》中的梅玫，还是《夏》中的岑朗，都给我特别质朴的感受。直到今天重读她们，我仍然喜欢。

如果说，《夏》与《淡淡的晨雾》是那种比较“静”的小说；那么，《北极光》便是“动”的小说了。换句话说，前者是自然之景中的原始风情画；那么，后者便是松花江上的激流。激流，总是具有某种挑战性的。

《北极光》不难看出作者血液的涌动，这涌动便是她要力图突破什么。小说故事虽以陆岑岑对爱情、对人生的追求线索而展开，但作者要通过人物表达她对社会现实的批判，要表达她笔下人物对爱追求的虚幻性。所以，作者避开故事中的矛盾冲突和斗争形式（也许父母的坎坷生涯），她再不要在小说中谈“斗争”了；她要以文学象征、抽象哲理来描述人物心理，并让主人公陆岑岑在悲剧中坚守自我。如果说，那个时代投入到大众化的“矛盾和斗争”“劳动和学习”是一种活法，那么陆岑岑“追求爱情”“坚守自我”亦是一种活法。

抗抗在那个时代写后一种“活法”，视角是相当超前的。只是《北极光》比之《夏》与《淡淡的晨雾》，写得不够从容；但在超越自我的尝试中，为后来迈向对社会、对人性的深入挖掘与领悟是功不可没的。

二十世纪八十年代初，我还读过抗抗的一些散文。《地下森林断想》，是我读到她的第一篇散文。笔力刚劲，大气浑厚，很难想象这是出于女性之文笔。我心里一惊，如果她不离开杭州又何以能写出这样的文字？但后来读到她写故乡的散文，似乎又回到江南女儿态了。故乡的散文是一种亲情，题材不同，视角也该是不同的。比较而言，我喜欢她那些大气的、具有思想性的散文。

1988 年，我在浙江大学德语中心进修德语。年底的时候到图书馆查资料，在中文外借部看到抗抗的长篇小说《隐形伴侣》。看着这书名，我还以为是一部纯爱情小说。翻了几页，感觉是写杭州与“北佬”的。开篇几节有“打架”的场面，到了第 78 页，打倒某某的词语，某某就被空白框框代替了。这之前，在当代作家的小说中，我还没看见有这样的“框”代替“某某”的；所以，后来贾平凹著的《废都》里面有那么多空白框框，便不觉得稀奇了。

读完《隐形伴侣》，比之她的中篇小说《北极光》，我觉得抗抗又前进了一大步。这部长篇小说，虽然仍旧写“文化大革命”和北大荒知青，但写得沉稳有内涵。主人公陈旭与萧潇是生存困境中的人物，个体生命与外在矛盾都具有典型性。陈旭慢慢“清醒”的过程，也就是慢慢“堕落”的过程。这个悲剧，如果说是陈旭个人的，不如说是整个“说谎与欺骗”的时代的。而萧潇则是纯洁的象征，她有理想，她要洁身自好，但她并非生活在真空中；社会的毒素，同样要无情地吞噬着她。

说到这里，再回到作者本人写这部小说的意图上，便不难看出作者所追求对人生的哲学反思，对人性的深入思考，对社会的纵向把握都极具用心。

1992年初，我在抗抗父母家见到她时，她说她正在修改一个中篇小说。她个子高高的，扎一条马尾辫，面带微笑地给我一本新出的小说集《陀罗厦》。她女人的“动态”与“静态”融在一起，确实让我感到她大气。这许是她多年在外漂泊，修成的正果吧！

那天晚上，我们聊天时间不长，匆匆的。也许她太有名了，我竟不知与她说什么好，内心怯怯的。事隔一年后，我们在海南岛“椰城笔会”上相遇，由于要在一起相处几天，我竟然诚惶诚恐，不知该如何与她交谈。一种莫名的自卑感，升腾而起。

1993年深秋，我到北大参加一个诗歌会议。其间的某一天晚上，我被抗抗邀请到她家吃饭。她在电话上告诉我，到她家花园村该怎么坐车，怎么“打的”，不要让司机绕圈。这使我觉得她比较细心，还是个操劳女人。后来，到了她家，她妹妹也在，我就俨然到了老朋友家似的，一扫从前的“怯怯之心”，该吃吃，该坐坐。这时的我，面对抗抗已经比较轻松自如了。

接着，我看她家的摆设，再看她从书橱上垂挂下来碧绿的爬藤。我以为是假的，手一摸，原来是真实植物。那时候抗抗家不大，除了餐厅，严格地说只一室一厅；但她安排得井井有条，就像包裹在城堡里，小而温馨。

每年，抗抗都会回杭州看父母。有若干年，她回来，我们总会见一面。她没有架子，给人以亲切。她的随笔集《你对命运说：不!》，长篇小说《赤彤丹朱》，小说集《永不忏悔》等，都是我喜欢的、爱不释手的作品。

在《北极光》后，上世纪九十年代的中篇小说中，比之《第四世界》和《沙暴》，我尤其喜欢《残忍》。这时候抗抗的中短篇小说已不太注重诗意，更在乎人性的深度与历史的深度了。我猜想《残忍》中的牛锛，并非一个虚构的人。“十三连知青”，“牛锛的死”，“傅正连的失踪”，还有马嵘在北去列车上，昏昏沉沉回想他和牛锛处置傅正连的情形。小说在错综复杂中，作者的思辨能力，递进了故事情节的发展。人性中的残忍与恶，使你觉得黑暗，但黑暗无处不在。

在抗抗的创作中，散文作品亦不少。她写散文似乎更能挥洒自如。我想漂泊者的眼里遍地都是珍珠，只要有自己的“魂”牵着，心里的“核”便踏实。散文之于她，可从回忆出发，亦可从大众文化、女性话题、自然景观、绘画艺术、历史人文着手，对人性中的恶进行贬斥，对人性中的善，力图张扬。

我喜欢抗抗写于二十世纪九十年代初、发表于《收获》上的《牡丹的拒绝》一文。此文不长，写得有一种冷艳的美。倘若你不够仔细，从字面上看，只看到她在谈传说中武则天一怒之下，把牡丹逐出了京城。其实，她的立意并不在此，只是借着牡丹花儿说罢。我在意此文的最后一段："于是你在无言的遗憾中感悟到，富贵与高贵只是一字之差。同人一样花儿也是有灵性的，更有品位之高低。品位这东西为气为魂为筋骨为神韵只可意会。你叹服牡丹卓尔不群之势，方知品位是多么容易被世人忽略或是漠视的美。"

1995 年初，抗抗又回杭州。某天，我请她与她的父母、妹妹还有法国学者白夏在望湖宾馆顶层的餐厅吃早茶，这是一次快乐的团聚。如今想再有这样的团聚，似乎很难了。她父母都八十多岁了，母亲常常住医院，按今天她与我在电话中的说法："今年（即 2006 年）父母能平平安安的话，我就可以静下心来写长篇小说了。"

那天，抗抗给了我她在人民文学出版社新出的长篇小说《赤彤丹朱》。此书的封面设计，我比较喜欢。红的底色加深紫凸凹的字体，捏在手里有一种历史的沉重。

这是一部纪实的家族小说。我在书中了解了她与她的父亲、母亲、妹妹，以及她的奶奶、外婆还有她的外公和爷爷。但当年我读得太匆忙，事后只记住了她十九岁那年不顾父亲的反对，不顾母亲还在"隔离审查"，硬是自己报名去黑龙江鹤立河农场插队落户，而她的父亲认为，她完全可以不必跑那么老远的。

少女抗抗痴迷"远方"。抗抗的个性，在那个特殊时期很刚烈、很特别地显现出来了"性格即命运"的特征。倘若没有当年的远游，那么就不会有今天的抗抗了。

1996 年 4 月，抗抗在春风文艺出版社"布老虎丛书"出版了她非常畅销的长篇小说《情爱画廊》。此书出版后，引起争议，争议也并非坏事。对一个作品的认知过程，有时在不同的时间段，会有不同的认知与感悟。抗抗写这部书，也许并非要写沉重的历史，她不过想写物质之外的精神生活罢了。用“情爱”来展现审美理想，让现实中不能得到的东西在书本中得到。让艺术、让美、让情爱回归到质朴的少女时代去，这便是抗抗写《情爱画廊》的立意与理由吧？当然，她也不乏尝试与证明自己在市场中的生存能力。

1995年后，我有几年没见到抗抗了。直到1998年秋，我到北京参加一个女性会议时才见到她。那次会议有承德之旅。她没去承德，等我从承德回北京，再从北京回杭州的那天早上，她让她先生驾着车送我到车站。到了车站，她还买了北京土产茯苓饼，让我带回家。这深情让我为之温暖和感动。然而这一别，我们又是几年没见面了。原因是她总在忙，我亦是总在忙，要见面越来越不容易。好在朋友之间是一种心的相通，不见亦如见了。我总会在报上，或在她妹妹、她父亲口里知道她一些近况。

2002年夏，抗抗出版了长篇小说《作女》。此书一出版，我就在我家附近的私营书店买了一本。蓝底色的封面，白色很醒目的书名，以及英文字母旁线条画的女郎，都使你想象“作女”们的“作”是需要一个海的。没有“海”，又何来“作”？而“作”对我是不陌生的，在杭州人或其他城市人的口语中，出现的频率不低。

早在上世纪九十年代中期，我读过抗抗一些有关女性话题的散文。从时尚女人的穿着，谈到优秀女人应具有博大和悲悯的胸怀。抗抗对女性的关注，既能沉重又能轻灵，既能传统又能时尚。如果说《情爱画廊》是展现一种虚幻的“情爱”美，那么《作女》便是现实生活中女性脚踏实地对外部世界与内部世界的挑战了。

《作女》主人公卓尔这样的女性，在社会上并不少见。可以说，作者通过卓尔道出了世纪之初某一群女性在社会中的状态。这状态有着时代的特征。抗抗敏锐地捕捉并揭示出来，其意义和价值与当年写《北极光》是一样的。

这些天，我重温抗抗的十几部著作。如果说要让我选择最喜欢的小说，那么我会毫不犹豫地选择长篇小说《隐形伴侣》和《赤彤丹朱》，尤其是《赤彤丹朱》，让我感到作者的笔，力透纸背。历史的厚重，人性中的恶，生命的无常和倔强，个体的拼搏，父母的牢狱生涯等，让我感同身受，仿佛是在写我的家族一样。

重温《赤彤丹朱》，让我感到沉重。我为当年没有认真读这部书而遗憾，抗抗如此深刻，这是我认识她十多年后的今天，才真正领悟和感受到的。

最近，在报上看到抗抗参加“两会”的照片。她穿着大红衣服，看上去有朝气，亦有女人魅力，精神状态不错。这些年，我们虽不常见，但通着邮件。前些年，她搬了新居，我为她高兴；但每次去北京，总是来去匆匆，没去过她的新家。

我知道自《作女》后，抗抗又发表了不少中短篇小说和散文随笔，还去了不少地方旅游。她一直勤奋着、努力着。她给我的感觉总是很忙，总是在奔波途中。这就是她，一个在精神的“远方”不倦书写，并不断升华自己人格境界的作家。我想，她会走得更远、更辽阔。

2006 年 3 月 16 日

载于《广州文艺》2007 年 7 月

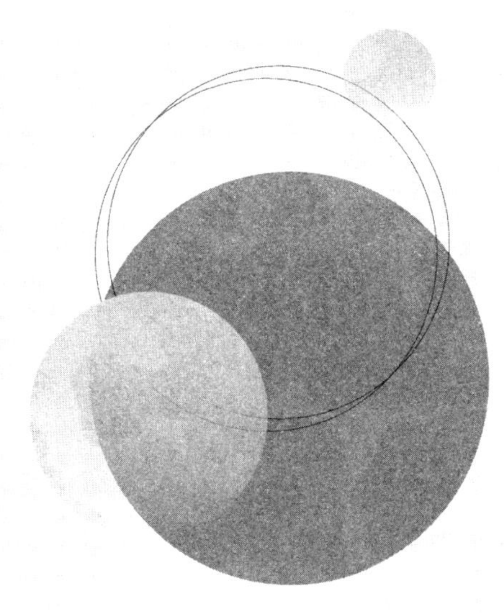

穿梭在女性、历史、宗教之中

——徐小斌印象

与徐小斌聊天是快乐的。我第一次感觉徐小斌能够那么侃侃而谈，而且谈得有趣味、开心。

顾艳与徐小斌　1998年10月在北京

每次到北京，总因各种杂事与徐小斌失之交臂。今年 3 月，在时隔七年后的北京，又一次见到了徐小斌。那天，我们约定在百盛商厦会面。我早早地从北大出发，一路上我都在想象着徐小斌。七年前，徐小斌给我的感觉是沉静、内敛、很厚重的样子。她剪着短发，架着宽边眼镜，穿着白底咖啡花纹衬衣，眼睛是深邃的。那双深邃的眼睛，多年来一直留在我心里。

我最早享受她的艺术成果不是小说，而是刻纸艺术。好像是 1990 年，那时候我是搞工艺美术的，到北京开会偶然去看了一个刻纸艺术展。那一幅幅带着宗教气味的作品，其刀尖上的功夫，干净利落，仿佛还伴着音乐般的神秘节奏和韵律。我惊讶作者的想象力，那些东方色彩浓浓的刻纸，如《敦煌》《沉思的老树及其倒影》《水之年轮》等，都让我十分喜欢。为此，我记住了徐小斌这个名字。

1996 年，云南人民出版社开始出版“她们文学丛书”。我的责任编辑刘存沛先生，送我一整套书。其中，有徐小斌的小说集《蓝毗尼城》、散文集《世纪末风景》。当我翻到散文集《世纪末风景》第 18 页，阅读完《一种方式》时，才知道从前我喜欢的刻纸艺术家徐小斌，就是作家徐小斌。这让我对徐小斌产生了兴趣，总想在她的小说和散文里，寻找她刻纸中的那种宗教气味和东方韵味。

然而在这两部书中，徐小斌的宗教气味和东方韵味，似乎还像她的“知青”身份那样躲藏在深处。小说集《蓝毗尼城》，一共收录十个中短篇小说，大多以女性视角，叙述女性在现代生存中的状态和处境。比如《迷幻花园》，比如《蓝毗尼城》，比如《双鱼星座》等。在二十世纪九十年代、女性主义小说风起云涌的时候，徐小斌的这些小说，无疑以独特的视角，揭示了历史蒙在女人脸上的面纱，同时表达了作者对女性精神领域的深切理解和同情。

我最早读徐小斌的小说，是她写于1983年的《河两岸是生命之树》。我不知道这是不是她的处女作，只觉得这个小说写的与当时大多直面人生的主题，以及“知青”小说不一样。她给我的新鲜感觉，是开掘了人物心灵深度，并且写得激情、成熟。

《对一个精神病患者的调查》，是我在1985年的《北京文学》上读到的。这个小说写得与《河两岸是生命之树》有很大差别，像童话似的，但生活中又实实在在存在着。那个叫景焕的被视为精神病患者的少女，挣扎着想获得常轨以外的尝试，结果落入冰河。在落入冰河的瞬间，她看见了弧光。那是她生命中，为之震撼的美丽和辉煌。这个小说1986年被西安电影制片厂改编成电影《弧光》，是同代大陆作家中最早涉及影视的作品。

1996年初，我买过徐小斌的长篇小说《末世绝响》。这是一部女性经验式的写作。虽然不是私人化的小说，却有着伤筋动骨的疼痛。我以为徐小斌在那个时候的小说，不外乎两类：一是迷宫式、寓言式的写作；二是感官的、生命体验的写作。前者如《蓝毗尼城》《迷幻花园》《蜂后》等，后者是从《河两岸是生命之树》《对一个精神病患者的调查》到《双鱼星座》《末世绝响》《羽蛇》等。

现在，我到达了我们约定的地点。我要了牛奶，坐下来慢慢地喝着等着徐小斌。一会儿，徐小斌急匆匆地来了。她扎着长长的马尾，穿着咖啡花纹的外套。天有点热，她的脸红扑扑的，与七年前不同的是她不戴眼镜了，人比原来瘦了些，但精神状态似乎比原来青春、激情和开朗，这是我没有想到的。很多女作家人到中年，心理上都会有一种走下坡路的感觉，徐小斌却没有。

与徐小斌聊天是快乐的。我第一次感觉徐小斌能够那么侃侃而谈，而且谈得有趣味、开心。那天，她谈得最多的是电视剧制作中心的话题。

1993年，徐小斌从大学教师调入中国电视剧制作中心任编剧。屈指算来，已有十二个年头了。这十二年，徐小斌在面对面的矛盾、斗争中，已把自己锻炼成钢了。她的性格也更个性化了。她的固执和坚持，使那些与她在工作上产生过矛盾的人，最后也不得不认同她的观点，并且敬畏她。

我是从徐小斌这里才知道电视剧制作中心原来有那么多动听、有趣的故事。那种坦率、那种为工作吵过后的平静与友好，让我感觉着一种激情和轻松。我想徐小斌年长日久，被这种激情熏陶着，自然创作的激情也就不会消失了。

中篇小说《双鱼星座》，是徐小斌早年女性小说中写得最好的一个。女主人公卜零，是一个出生在“双鱼星座”的、一生只幻想着爱与被爱的女人；但又是一个既优雅又聪明，既脆弱又傲慢的知识女性。她在物欲世界的包围下，精神饱受压抑、迷失，最后逃离、反叛。徐小斌在这篇小说中揭示了人性、人生、女性生存处境中的悲哀状态，同时这种悲哀状态，又被她深藏于神秘文化中。

1999年初，我读过徐小斌的《敦煌遗梦》。当时读到这本书，顿时与最早见到她具有浓郁宗教气味的刻纸联系在一起了。我想这是徐小斌骨子里的东西。徐小斌对宗教的兴趣，也许是与生俱来的。她天生就有对宗教神秘海洋，梦一样的想象。

读罢这本书，我忽然感到徐小斌以后的长篇小说，一定会比她的中短篇小说更好，更神秘而厚重。果然不出所料，没多久我便接到如今已故的作家叶楠先生推荐的徐小斌的新长篇小说《羽蛇》。

《羽蛇》写了五代女性的命运，时间跨度百年。虽然以当下人的个体存在为主旨，但不难看出徐小斌已拥有了写历史的野心。记得读完小说后，我在电话里对叶楠先生说："徐小斌更适合写历史、宗教味道浓浓的小说。她的诡异想象力很特别。她的智性表达与文字驾驭能力也很不错。"叶楠先生当时很认同我的观点，只是那时候我与徐小斌不熟，所以也就没有与她交流感想。

这会儿，徐小斌就坐在我身旁，我们的聊天很随意，但大部分时光，我都在听小斌讲故事，直听得两眼发光。我知道徐小斌是南方人，生长于北京。1978年，考入中央财政金融学院。读金融的她，无论写小说还是刻纸绘画、服装设计等都拿得起、干得好。这在于她干什么都会有一股着迷的感觉和力量。徐小斌做事认真，这点我是领教过的。去年盛夏，我到北京本来与徐小斌有个约会，但因为时间紧就错过了。后来，她让我寄她一部长篇小说，说是想着争取试试改编电视剧。我寄了她《夜上海》。书寄出，我就把这件事忘记了。有一天，她给我打电话问我具体事儿，我好一阵感动。我想这种事情不容易，她怎么就这样认真呢！

闲聊中，我知道徐小斌有一个即将大学毕业的儿子。徐小斌谈起儿子，总是眉开眼笑的。她说她与儿子像哥们儿似的，玩耍起来自己也活脱脱像个野小子。我喜欢徐小斌叙述母子时的表情，那只有做了母亲的女人才有的慈爱表情。那一份慈爱，我是深有体会的。

我们总是担心教不好孩子，所以其用心、辛苦、责任就布满了我们每一个细胞。我们的容颜会因岁月的沧桑而老去，但真正内心成熟的女人，已不在乎这些。她们更注重内在的气质和精神力量。她们认为女人真正的美丽是历尽沧桑，依然宁静安详。

那天与小斌告别时，她送我一本刚刚在人民文学出版社出版的《德龄公主》。从北京回杭州后，我又找出了家里所有徐小斌的著作重温起来，包括阅读这本三十三万字的《德龄公主》。《德龄公主》，让我证实了当年我对徐小斌写历史的预言。这让我很兴奋，但我一直没有与徐小斌说，因为那种兴奋，已成了一个读者自己的喜悦。

阅读《德龄公主》这本装帧大气的书，我总是望着它的封面就想进入它的内核，一种很特别的感觉。书的扉页有作者题记："一半是艺术，一半是历史，时间总是把历史变成童话。"我知道这是作者下了很大功夫写成的书，更何况徐小斌读那些史料，是要把它们嚼碎了吃到肚子里去，然后吸收为自己身体的一部分。

我从前读过德龄撰写的《瀛台泣血记》《御香缥缈记》，觉得比较平面，没有写出那个特定时期的"她"，与那段历史的深刻内涵和精神上的东西。我想徐小斌之所以选择写《德龄公主》，并非时下都在播清朝电视剧，凑个热闹。而是，首先她对德龄这个人物的传奇色彩感兴趣，然后有责任对德龄所处时期的历史，进行一次解构和创造，让那些历史人物，在她的笔下富于有血、有肉的灵魂。

于是，《德龄公主》诞生了。

徐小斌从容地建构了那段时期的历史叙述，并且把它提升到了一个高度。为此，我们看到徐小斌笔下的德龄，已不再是那个经历了一切，又不知道其意味着什么的德龄了。这个德龄被赋予了深邃的象征意义。我们从中看到这个与妹妹容龄向邓肯学过现代舞，后来又入宫给慈禧当了女官，接着在危机四伏的宫中又进行了一场浪漫异国之恋的德龄，其个人的背叛，正是对古老王国传统束缚的背叛。

读完《德龄公主》，我被徐小斌深深感动着。想想这么一部融历史与故事的小说要做得到位，不仅要把自己变成了小说中的每一个人物，还要懂得当时的服装、礼仪和食物。可想而知，徐小斌的付出有多么重。

徐小斌曾获过首届鲁迅文学奖与其他多种奖项。她也出访过不少国家，到过不少地方。无论经历与阅历，徐小斌都是丰富多彩的。同时，徐小斌还是一个能够静下心来做事的女人。这与她从小养成安静的阅读习惯分不开。她恪守作家宗璞先生说过的一句话："一个作家要面向文学，背向文坛。"

徐小斌总是默默地耕耘，勤奋地做事。她相信文学的纯粹，文字的纯粹；相信只有拷问自己的灵魂，只有拥有高贵的心灵，才能让自己心存敬意地缅怀流逝的岁月。

现在，徐小斌又激情地投入另一部历史题材的小说创作，这是一部描写战国时期的小说。但我不想问得太多，所谓天机不能泄露。我相信，小斌一定能很出色地完成这部小说。让我祝福她！让我们祝福她吧！

2005 年 5 月 14 日于杭州天水斋

载于《作品》2006 年 4 月

载于《楚天都市报》2007 年 1 月 23 日

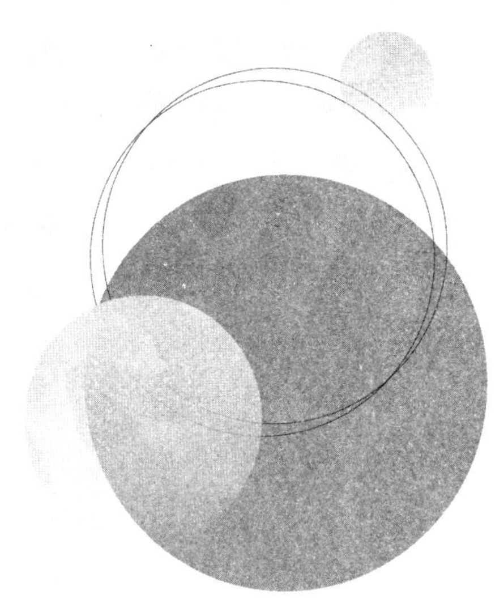

苍茫如醉

——说说女博士徐坤

她的心灵是一个海，又是一片苍茫如醉的世界，这便是我第一眼见到她的直觉。

第一次见到徐坤，是在1998年9月北京第四届中国当代女性文学学术研讨会上。那时候，她在会上代表获奖女作家发言。风趣幽默的语言，让我一下把她与她的小说联系了起来。《白话》《先锋》《鸟粪》《遭遇爱情》，还有《沈阳啊沈阳》。徐坤总是用一支敏锐、犀利的笔，阐述她的思想。那时候我们彼此还不认识，坐在我身旁的著名评论家陈骏涛先生说："等一下，我给你们介绍。"陈老师这么一说，我心里倒有点怯怯的。我刚从伯克利加州大学回来，对文坛相当陌生。然而，我却知道徐坤是个大名鼎鼎的女作家、女学者；因为，我在伯克利加大图书馆看过一些有关徐坤作品的评论文章。

那天，徐坤在我眼里是一道亮丽的风景。她虽没有女孩子婀娜多姿的倩影，却有着女学者的风度与气派。她的短发，短得很精神。镜片后面那双丹凤眼，流露微笑之后，刹那间会掩饰不住地流露出沉思与忧郁。通过她的眼睛，我仿佛能触摸到她的心灵了。她的心灵是一个海，又是一片苍茫如醉的世界，这便是我第一眼见到她的直觉。后来，我们一起照了相，那照片上的丹凤眼，其眼神是有力量的。

第一次阅读徐坤的作品，是1995年4月发在《青年文学》上的《鸟粪》。《鸟粪》，讲一个"思想者"的故事。整个中篇，哲理与寓言色彩都很浓郁，道出了"思想者"的生存困境。"思想者"在她笔下，在残酷的现实社会中，只好夹紧双脚，头顶鸟粪去思考。这让我感到徐坤的深刻，同时又惊讶她语言的老到与圆润。

接下来，我又阅读了她的《遭遇爱情》《厨房》《小青是一条鱼》《如梦如烟》等，尤其喜欢她的《厨房》。《厨房》，是我在伯克利加大图书馆偶然读到的。当时，我的眼睛"唰"地一亮，放出光来。我觉得徐坤把女人最本质、最本能的东西写得恰到妙处。虽是一个短篇，却有着耐人寻味的力量。它通过厨房这一意象，揭示着女人一生的热爱、无奈、宽容和善良。这比日本女作家吉本芭娜娜写的《厨房》，深邃得多。

徐坤就是这样地进入了我的视野。徐坤的小说是严谨的、深邃的、收放自如又懂得控制的。同时，她在某些小说上也运用了调侃与反讽的方式，这也使她当年有一个最红火的雅号：女王朔。

“女王朔”徐坤的作品，与男王朔的作品，当然是不同的。“女王朔”徐坤除了调侃，还有更深的主题意义埋藏在作品的深处，使读者会心一笑，又能感悟到深层的文化韵味和人生哲思。那时候，她的小说几乎全是写知识分子的；她写得不错，在某一天忙碌之后，我坐在沙发昏黄的灯光下阅读，仿佛有一种梦里回到故乡的感觉。

“第四届中国当代女性文学研讨会”之后，我对徐坤的关注多了起来。第一是因为回国了，能在报纸杂志上看到她满天飞的作品。第二是因为见过面了，较之作品更多了一层立体的感觉。那年年末，我翻阅了1998年全年的《小说月报》，一下发现徐坤一年之中，被选入的作品多达四五个。如《乡土中国》《答案在风中飘荡》《一醉方休》等。那些小说都是短篇，短篇是最见作家功力的。

徐坤是写短篇的高手。

这期间，徐坤的题材似乎有了拓展与变化。她把触角伸向了底层人的生活。《乡土中国》，仿佛让我嗅到浓厚的泥土气息；而《一醉方休》，让我联想起不少酒鬼老人，他们东倒西歪地行走在泥土芬芳的大地上，饱经沧桑后的醉态，是一种醒着的醉态。

今年盛夏，我有一趟北京之行。在还没有出发之前，我就想与徐坤北京重逢。重逢是多么好。掐指一算，我与徐坤第一次见面距今已流淌过去六个年头了。这六年，徐坤经历了很多。

经历是一笔财富。无论幸与不幸，对作家来说，经历都是最为重要和宝贵的。我先是从新闻媒体上看到徐坤获《中国作家》《人民文学》《小说选刊》《小说月报》评选的优秀小说奖；接着又看到她获首届"冯牧文学奖"，首届女性文学成就奖，第二届"鲁迅文学奖"，第九届"庄重文文学奖"。后来，听朋友说，那年头徐坤突然离婚了。离婚的痛苦，想必让她掉进了一个黑洞。她抑郁、委屈、愤怒。毕竟十多年的婚姻维系，在一天之内解体，这个事实有点残酷。

最近，听到徐坤读文学博士的消息，又听到她进了"首届中青年作家高级研讨班"。我想徐坤是个不断充实自己、完善自己的作家，难怪她在论坛上能够口若悬河、侃侃而谈，语言锋利机敏又充满思辨色彩。这都是平时修身养性的结果呵！书读多了，读精了，确实是管用的。

那天，我在宾馆与徐坤电话联系，她说要请我到"九头鸟"酒家吃饭。"九头鸟"距我下榻的宾馆不远，几步之遥。本来民以食为天，吃饭也就是重逢后多一点相聚、聊天的时间。可是徐坤住在北京之北，仅开车的路程就要一个多小时；而那时正值"欧锦赛"，徐坤是个足球迷，她想在电视屏幕前看门道，为球队击掌欢呼呢！于是，我建议把吃饭改成到我下榻的宾馆喝茶。其实，我又何尝不想与徐坤一起吃饭、喝酒？徐坤的"酒名"，我早已听说，若一起喝，想必是酒逢对手千杯少，定能喝出"酒感"来的。

曾经读过徐坤为作家张梅写的一篇酒文章，题目为《你那酒汪汪的玫瑰色女狐狸眼睛》。这个题目很形象，让我想象徐坤微醺后的神态，又是如何酒汪汪的呢？

徐坤驾着她的白色"蓝鸟"，来到我下榻的宾馆。她像诗人那样，浪漫地为我送来一束鲜花。我蓦地把本来印象中对徐坤理

顾艳与徐坤　2004年7月在北京

性的学者形象，改变成了一个感性的、浪漫的诗人形象。六年没见，徐坤比从前白一些，也胖了一些。我们在宾馆大堂的咖啡厅里坐下来，要一壶菊花茶。徐坤上穿酱色与白色相间的条形 T 恤，下穿白裤和旅游鞋，一副休闲的时尚打扮，看上去随意、洒脱；而发型还是原来的短发。短发的徐坤，有时会很率性地把一头乌黑的秀发，染成亚麻黄。

这会儿，徐坤就坐在我身边。离我们不远处，是一只落地的景泰蓝大花瓶。从景泰蓝大花瓶后面，飘荡而来的是我国民族乐器演奏的《春江花月夜》。我们就在《春江花月夜》的乐曲声中，一边喝茶，一边聊天。徐坤总是笑眯眯的，脸上阳光般温馨，仿佛沐浴在爱情中。有时她还会流露出羞涩和怯怯的表情，这与媒体那个如雷贯耳的作家徐坤，有着些许的不同。

我知道徐坤刚获中国社科院的文学博士学位，同时又刚出版了她的第二部长篇小说《爱你两周半》。这两个都是不容易的事，徐坤却出色地完成了。徐坤是智慧的。智慧的她十分明白，一个人一生只能干好一件事。所以，今年初，她终于如愿以偿地从中国社科院文学所这个曾经拥有钱钟书、俞平伯、郑振铎等大师的地方，调到了北京作家协会做了一名专业作家。她说做了专业作家，便能一心一意地写小说了。她最热爱的事情，就是写小说。

前两年，我读过她的第一部长篇小说《春天的二十二个夜晚》，这是她的自传性长篇小说。我在字里行间触摸到她的凄伤、痛苦、委屈和愤怒。书中那些对男女感情的温馨回忆，仿佛是她坠入“离婚黑洞”之后的自我疗救。她说：“通过写这一部书，我觉得我过去十几年的生活，已经彻底了结了。我要重新开始新的生活了。”

此刻，我望着坐在我身旁的徐坤，感觉着她老早从“黑洞”

中走出来了。你看她的脸洋溢着幸福，是那么地鲜亮有光泽。我对她说你在恋爱吧？她笑笑，笑得很甜。

徐坤是沈阳人，早年就读辽宁大学，是辽宁大学中文系的学士和硕士。辽宁属东北三省，徐坤却一点不像东北女人那样人高马大。她小巧玲珑，脸蛋儿像江南女子那样秀气。秀气的她，递给我一本新出版的、玫瑰红封面的长篇小说《爱你两周半》。打开书的扉页，我一眼就看到王蒙的题词："徐坤虽为女流，堪称大'侃'。虽然年轻，实为老辣。虽为学人，直把学问玩弄于股掌之上。虽为新秀，写起来满不论（读吝），抡起来云山雾罩天昏地暗，如入无人之境。"

我们的聊天还在继续，徐坤也许是被"欧锦赛"弄得太累了。坐久了，她的脸上遮不住地显出疲倦来。她说："我昨晚一直看到凌晨四点多。"真是个十足的球迷啊！她写过一个短篇小说《狗日的足球》，除了球迷，她还是个网迷。她出过一部有关网络的散文集《性情男女》，这两部书都写得地道。

比较而言，我还是喜欢她早期写知识分子的短篇小说。我始终认为她是写短篇的高手。她自己也非常明白，最能代表她水平的还是早期写知识分子的那些作品。她说："那时候真是神采飞扬啊！现在看以前的作品，我就想我当时怎么那么聪明啊？以前不会想到这些，我的智力达到什么程度，写出来的东西就是什么状态，根本不会去想别人看得懂看不懂，能不能接受。那时是初生牛犊不怕虎，有才气就是最大的夸奖了。像《先锋》这样的小说，当时只在很小的圈子里引起关注。现在就不同了，会考虑到市场和读者群，在遣词造句的时候，尽量不用生僻的字，在一个相对的水平之内，发挥自己的才能。"

徐坤说着说着，脸上会不经意地流露出些许的忧郁。忧郁是大多数作家都会有的通病，而徐坤脸上的忧郁，却让我感到是坠入骨髓的忧郁。就好比一种伤痛，是永远消除不了的。于是，酒就成了我们的好伙伴。徐坤饮酒的频率一定不会太高，但每次醉酒都是一次精神上的涅槃。李清照说："浓睡不消残酒……知否、知否，应是绿肥红瘦。"这样刻骨铭心的词句，只有与酒结缘的寂寞女人，才能真正懂得。

我从北京回来已经两个多月了，这期间为了完成手头的一部长篇小说，我把写徐坤的任务暂时搁下了。前些天，我找出了家里所有的徐坤小说，重温了它们，还拜读了她的长篇新著《爱你两周半》。坦率地说，我还是喜欢她的那些写知识分子的小说。当然，《爱你两周半》，也有许多让我值得思考的地方。比如，徐坤在这个长篇里通过两个女性写了一种态度。虽是一部爱情小说，实则又是通过爱情来揭示当代人所缺乏的信仰。因此，《爱你两周半》虽然写得时尚，却是道出了这个动荡变革的社会中，一切都在变的生活真实。

我从徐坤的小说世界中走出来时，正好是中秋之夜。窗外一轮明月照得大地银亮银亮。"……人有悲欢离合，月有阴晴圆缺。"我想起无数个流淌过去的日子，想起远方的亲人、朋友，眼中便闪烁着晶莹的泪光。于是，我又再一次走进徐坤的小说世界；这时候我如醉酒般的感觉着徐坤的小说，它竟是那么地苍茫与辽阔。

2004 年 9 月 28 日中秋之夜

载于《作品》2005 年 2 月

载于《西湖》2007 年 6 月

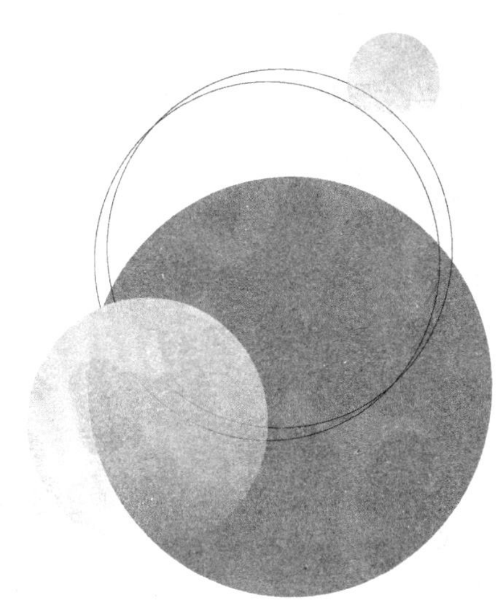

赵玫：穿梭在感性与理性之间的激情抒写

如果说抒写中的赵玫激情、忧伤，那么生活中的赵玫温婉、宁静。

顾艳与赵玫、方方等 1993年2月在三亚

认识赵玫是在1993年2月海南岛“椰城之春”笔会上。我们无论在海口还是在三亚，都被安排在一个房间。我们很投缘，结下了深厚的友谊。记得在笔会上，赵玫对叶楠先生说：“你回去给顾艳写篇小说评论吧，写完寄给我。”果然，叶楠先生读了我的几个短篇小说，写了一篇《骚动不安的灵魂》的短评，发表在1993年第3期的《文学自由谈》上。那时候，尽管我写诗、写散文已经十二年，但写小说才两年，能够受到赵玫如此的推荐和欣赏，让我很感动。

海南岛“椰城之春”笔会后，我收到赵玫寄我的她的第一部散文集《以爱心、以沉静》。这是一部记录作者自己心路历程的书。这样的书，在字里行间你能触摸到作者的心跳和血脉，但读后会让你喘不过气来。那忧伤、那疼痛仿佛是撕裂着自己一个又一个血淋淋的伤口。没有很深精神追求的人，不会有这样的痛苦。由此，我感到心疼，就像我自己心疼自己一样。

1994年初，我情不自禁地为《以爱心、以沉静》写了书评，发表在《文艺报》上。如今，时间一晃十二年过去了，这十二年赵玫快速地成长着，以自己的勤奋努力出版了长篇小说、小说集、散文集、影视作品等四十多部著作。散文集《从这里到永恒》，还获得了全国首届“鲁迅文学奖”。

一个作家，没有比能够创造自己作品的事，更值得安慰了。就像贝多芬在致格莱贤斯坦的一封信中说的：“幸福不是来自外界，你必须自己动手去创造一切；只有在理想世界中你才能找到欢乐。”是的，幸福的人生就是在无限的追求与眷恋中，完善着自己。

十多年来，我们一直保持着联系，就在刚才我们还通了电话。赵玫说，她要去北京参加“人代会”。我知道赵玫是全国人大代表，她曾说："和谐是一种心灵的境界。"赵玫的这一政治观点与她的文学观点类似。因此，无论政治的、文学的，心灵世界就是一个海。赵玫在海中畅游，如果说她早期的《以爱心、以沉静》是感性的浓得化不开的文字与心灵图景，那么最近由四川文艺出版社出版的《爱一次，或者，很多次》便是从心灵出发，以冷静犀利的笔触，透过伍尔芙的精神家园、杜拉斯被岁月摧折的容颜、波伏娃荆棘丛生的人生，表达了爱、欲望还有性，最后回到自己心灵的过程。

这宛如赵玫自己的人生与创作历程。从她的大部分作品看，你便能看到一个感性的、情感丰满的赵玫是如何走向理性的、历史的、思辨的赵玫。

散文集《以爱心、以沉静》后，我最早读到赵玫的小说是《我们家族的女人》。这是一个以家族为主体的爱情小说。通过这个小说，我们看到作者对家族几代女人的描述是相当细腻的，并且充满感情地道出了每一代女人与女人之间的差别。尤其，在对奶奶这个人物的刻画上，你可看到一个固执、唠叨又充满爱心，能讲很多传说与故事的满族老女人形象。

女人，确实是为爱而生的尤物。从一个家族，观全人类女人，世世代代的女人，最致命的东西就是"爱"。与《我们家族的女人》先后出版的长篇小说还有《世纪末的情人》和《天国的恋人》。赵玫的这三部长篇小说，被批评家称为当代中国女性生活的三部曲。

1994 年，对赵玫来说是很重要的一年。且不说电影导演张艺谋约写的《武则天》，就是两本"布老虎丛书"，即散文集《一本打开的书》，长篇小说《朗园》，就让她走红了半边天。这两本书都是出版社编辑给我的，当时我还没写过长篇，看到赵玫在短短的三个多月时间里，写出二十七万字的长篇小说，羡慕极了。这本书的题记是这样的："各种各样的，伤痛的和不伤痛的，总之要来到这里，来到这一片连接着宗教的无欲也无恨的极地。"

赵玫擅长写凄美哀伤的故事，那是相当打动人的。这部书虽然不是赵玫"本我"的倾诉，但"他者"的故事，也可看出赵玫写作领域的拓展与写作能力的增强。

这样的自我超越不容易。

1994 年夏天，我在地摊上买了一本开明出版社出的须兰与赵玫合著的《武则天》。所谓合著，也就是两部写《武则天》的书合在了一起出。两个不同的文本，就有了两种不同的欣赏。如果说须兰的《武则天》是超历史的天马行空，那么赵玫的《武则天》便是扎扎实实落在大地上，让武则天从墓穴回到了人间。这与赵玫事先的认真准备有很大关系。比如她在前言里说："我先是把自己藏进了故纸堆里，《二十四史》《资治通鉴》《太平广记》。我埋进去，竭力寻找，在每一本书中，查阅她，直到有一天我得知，我终于是已经接近她了。然后，我便带上我的女儿，在这个炎热的夏天，踏上了能更加接近她的漫漫旅程。"

有了扎实的基础，也就有了成功的希望。赵玫从《武则天》开始，挑战了自我。其实，一个人的潜力是无穷的，只要你敢于挑战，新的领地就等着你去开垦。赵玫的新领地唐朝皇宫女性三部曲，即《武则天》《高阳公主》和《上官婉儿》，就这么在前后十年内诞生了。

唐朝，这三位介入权力的女人都不容易写。三位女性，无一不是情感、权利与欲望纠缠的痛史，但赵玫写得风格迥异；用赵玫自己女性特有的感觉去感受，其文字从历史中透着时代的气息。《武则天》是凝重的，人物形象明朗，个性鲜活，其结构也有新意。也许是第一次写历史长篇小说，稍微有点拘谨。而《高阳公主》呢，有了写《武则天》时的感受与经验，作者的满腔热血与激情，喷涌而出。

如果很苛刻地说，《武则天》做得还差一点点火候的话，那么《高阳公主》则是在火候中稍稍过了一点。唯有《上官婉儿》是恰到好处的。一种从容的叙述，少了感性多了理性的思辨。静观个中人物的演义与权力的争斗，既环环相扣又显现出灵魂来。上官婉儿是唐朝三位女性中，写作难度最大、最不容易写好的一个，但赵玫把她写成功了。她笔底的上官婉儿，集聪明智慧、中庸狡黠、八面玲珑、左右逢源、不卑不亢于一身，融美丽、爱情、欲望、政治、阴谋、残忍、杀戮为一体，格外地显现出这一人物非凡的艺术魅力。

1998 年底，我的责任编辑云南人民出版社刘存沛先生给我寄来赵玫的散文集《从这里到永恒》、小说集《零公里》。《从这里到永恒》，描述了赵玫应美国政府邀请参加“国际访问者计划”的美国之行。全书二十九篇散文，无一不是她行程中的经历与感受。读者在书中可以跟着她从密西西比河，一直向南到新奥尔良。她在书中描画着阳光、大地、农庄、红房子、汤姆叔叔的小屋；也在书中谈历史、谈感想、谈友谊、谈思念，以及谈着美国乡村的一个个小故事。全书写得饱满，灵气，有一股气韵蕴含流动在字里行间，使你觉得她是一气呵成的；但又不都是感性的文字，激情中有着舒缓的起伏和理性的思维。

小说集《零公里》，收录了八个中短篇小说。中篇《河东寨》是她的第一部小说，1986 年发表在《上海文学》上。这是一个讲海边渔村故事的小说。作者把自己置身在河东寨，大海、波涛、悬崖、月亮、石屋等，是围绕在故事中的意象。小说虽然写海边渔村，但有十足的现代气味，语言非常美。它让我们看到赵玫最早的、坚实的、起点很高的小说。接下来的《无调性短歌》，也是一个写乡村的小说。在赵玫的骨子里，仿佛总有一份与土地的亲情。另外，中篇《展厅——一个可以六面打开的盒子》与发在《收获》上的短篇《巫和某某先生》都是赵玫出色的中短篇小说。

赵玫在她女儿小时候，也如我般辛苦地让女儿学钢琴。自然，辛苦中也有快乐。母女情深，就是在学习、生活中点点滴滴地积累起来的。我们每次通电话，总会谈到各自的女儿。赵玫的女儿少小离家，到美国留学后又到法国的大学交流一年。女儿是赵玫最好的作品。赵玫专门为女儿写了一部《分享女儿，分享爱》的书。这种血浓于水的亲情，这种母女之间的沟通、和谐便是最好的母女教科书。

我们有很多年没有见面了，去北京时老想着去天津看她。但不是她不在天津，就是我的时间紧迫、急匆匆地要返回杭州，留下了诸多遗憾；倒是去年 10 月，我女儿在北京大学见到了赵玫。赵玫是从天津到北大去参加一个讲座。她的讲演是结合"文革"经历，谈了灾难对作家成长的塑造作用。我女儿那天与赵玫合了影，女儿又把她们的合影传给了我。

照片上的赵玫穿一件苹果绿的衣服，依然富有青春气息，看不出一个已过知天命年龄的女人样子。发型，还是原来的不留刘海的马尾辫；脸上的皮肤，似乎比从前还有光泽。写了那么多年，付出了那么多心血，有了许许多多的作品，便是赵玫最大的成就和幸福了。

赵玫除了写散文、小说、影视作品，还写评论和理论文章。比如早些年写的《先锋小说的自足与浮泛》《现代小说需要现代技术》《再度革命》《批评的代价》，以及女性问题的论文《父亲，图腾及幻灭》《知识女性的困惑与寻求》等。赵玫十八般武艺样样都会，很了不起。我最喜欢她的智性文化随笔。她是一个“醒”着的人，其闪烁着思想之光，在女性作家中为数不多。

写作与思想，占了赵玫日常生活的大部分时光，而她也是喜欢独自呆在书房里的女人。她曾说：“避开那些行尸走肉者，那些肉体虽然活着，灵魂却已经死掉的人；要避免那些思想和谈话都琐碎不值的人，那用喋喋不休代替谈话的人，以及那些陈词滥调代替思想的人。我们为什么非要把生命花费在这些人的身上呢?”

前些天，我去图书馆借了赵玫最新出版的长篇小说《秋天死于冬季》和文化随笔集《爱一次，或者，很多次》。《秋天死于冬季》是一部四十万字的长篇小说，这是赵玫写得最长的一部小说了。

赵玫的小说没有家长里短的世俗之气。她总是喜欢建构在精神层面，探讨人性的东西。这部新作也不例外。无论主题和表达方式，都颇具昆德拉式的味道。这里故事似乎不再重要，重要的是透过人物的悲欢，以及精神的漫游，对历史做一种观照。这也是赵玫别具一格的写法，让人感到清新。

《爱一次，或者，很多次》，是一部谈女人与男人、忠诚与背叛、欲望与性爱、个体与经验、爱与恨的新女性主义文化随笔集。作者激情与冷静，体验与感悟并存，使你漫游在她的文字间，一种智性的哲理之光灼灼而来，你可看到她在书中的哲学根底。

什么叫爱？什么叫恨？什么叫高贵？什么叫低贱？作者都有说法。全书由二十九篇文章组成，女人自然就是这本书的主角。有一些篇章，作者写得格外好。比如《疯狂的欲望起于最初的爱》《他们的方式》《怎样证明彼此拥有》《在优雅背后，是把美丽和智慧结合起来的女人》。如果说《疯狂的欲望起于最初的爱》里的女人，是人性中用最原始的性爱征服男人的话，那么《在优雅背后，是把美丽和智慧结合起来的女人》的伍尔芙，便是以她精神的高贵征服了爱她的男人和女人。

《他们的方式》，可以看作是赵玫的自诉了。文章的坦诚，让我们感到了爱、性爱是美好的。他们不为别的，仅仅就是为了爱，爱是唯一的。他们爱得纯粹又爱得有责任感。他们都珍惜洁净的性生活，他们彼此忠诚，这样的爱既在天空又在大地。换句话说，既是精神的，又是物质的；女人便有了一种安全感，就像鸟儿有了归宿，心灵为此不再虚空。这篇文章对许多相爱的人来说，是一个启迪："怎样才能让爱存在下去。"

赵玫的著作很多，我这里仅谈到她的一部分。如果说抒写中的赵玫激情、忧伤，那么生活中的赵玫温婉、宁静。她给我的感觉"就是在无限的追求与眷恋中"。她的作品会垒起一座高高的山峰，这是很多人望尘莫及的。

2006 年 3 月 4 日于杭州

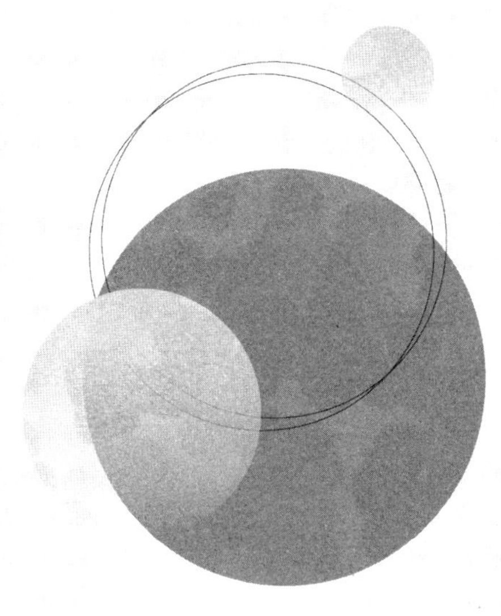

飞翔着的自由生命

——记林白

在我多年与她神交的感觉中，她给我最直接的感受是：挑战自我。

暑假一开始，我就计划着带女儿去北京了。临行前我给林白电话，告诉她我要与她有个约会。她说："好啊！时间由你定，我们在青蓝大厦大堂见面。"

林白的声音我是熟悉的，它像小提琴 E 弦上的滑音，幽幽的弥漫着一股鬼魅般的气息。那气息通过电话筒，浸透着我的毛细血管。这时候，我的思绪往往会一下飞到她的某一部作品中。独立、乖僻、自我封闭的女性形象，被林白以女性独特的视角，尖锐地涉及了当今中国社会女人存在着的一些问题。

林白是敏锐的。

在我多年与她神交的感觉中，她给我最直接的感受是：挑战自我。拿鬼子作家与我在某一次会议上谈起林白时说的："林白为了文学，把整个生命都豁出去了。"鬼子的话让我想到了英国女作家曼斯菲尔德和弗吉尼亚·伍尔芙。前者在不断吐血的情况下，最放不下的还是写出她想写的好作品，而后者最终投河自杀。她们都为艺术倾尽了心力，付出了全部热情和生命。林白也正是这样的一个女作家。每次读她的作品，我都能在字里行间看到她的精神和痛苦，更能看到她对人物的深深感情。

多年来，我们一直没有一面之缘。这虽不影响什么，但读了作品之后就特别想见人。优秀的作家和学者，总是人与作品不分的。而一个作家的创作，在于他（她）自身能力的长度。有时候，一个作品与作家自身能力的长度接近百分之七十，有时候是百分之八十；那就是说，他（她）还有能力可以赶路。

2004 年 7 月 1 日，我与女儿终于踏上了北去的列车，第二天晚上我们按照预先约定的时间，搭车去青蓝大厦。青蓝大厦坐落在东四十条，东四十条对我来说并不陌生。当我们按时推开青蓝大厦的旋转玻璃门时，我近视的眼睛，朦朦胧胧地看见一个披着长发的女人，坐在咖啡厅里。整个咖啡厅只坐着她一人，从远处望过去仿佛像毕加索笔下的某一幅画。我站着不动了，她却从椅子上站了起来轻轻地喊："顾艳……"

"林白……"我也是轻轻地喊，生怕我们的声音会扰乱咖啡厅的安宁；但我们的内心都异常兴奋，洋溢在脸上的笑容是真诚的。我的目光在林白身上浏览了一遍，她穿着中式白底苹果绿蝴蝶花纹旗袍裙，白鞋，长发一直披到腰间，像飞流直下的瀑布一样，与我的想象有些不同。

一种特别的感觉笼罩着我，让我觉得她本人比她的作品走得更远。也就是说，在她身上还有无限多的创造力。我的这种感觉，来源于她身上散发出来的一种特别的气质。那不仅仅是艺术家的气质，那是巫气、鬼气、灵气并存的一种气质。你看她小巧的个子，高眉又有弓深的眼窝，嘴唇的棱角很有线条，橄榄色的皮肤，像每一个毛孔都布满鬼气一样。尤其，当她用目光紧紧盯着你的时候，你便感觉到她身上除了鬼气还有巫气和灵气。

"三气"并存的人不多，十多年前我跟师傅学内功的时候，才真正明白了"气"是什么。

这会儿，林白问我们要喝什么？我们要了一壶碧螺春茶。一人一杯，桌上还有烟和打火机。那是林白一到，就放在小圆桌上的。小圆桌上铺着蓝白方格台布，看上去简洁清爽。一会儿，林白对我说："抽烟吧！"

我不会抽烟，但我还是接过她递给我的烟。她用她的烟火，点燃我的烟火。这一瞬，仿佛接上了气流。她告诉我：这是武汉

顾艳、林白与解芳 2004年7月在北京

的“红金龙”，我翻过烟盒看见上面的详细介绍，原来它的创始人就是我曾经为莫干山老别墅写过的南洋简氏兄弟，这让我亲切了起来。我们一边聊天，一边一根接着一根的抽烟。烟雾中，我们的思绪在飞翔。

读林白的作品，我不算早。读她的第一个作品，是《一个人的战争》。当年，我是在《花城》杂志上，把它一口气读完的。它强烈地震撼着我，尤其是第一章《镜中的光》里面的童年片段：“我上床的时候太阳正在落山，光线很强地照射在床边的墙壁上，我就在明亮的光线中落下蚊帐，这使我感到无比安全。”而我的小说《米鲁》中的童年片段：“我孤零零一个人躺在大床上，肉体悬浮在黑暗中，没有亲人抚摩的皮肤是多么的孤独和寒冷。”我想这两个小说中的童年片段，其实就是我们自己的童年生活。我们是同龄人，生长在同一个时代，我们童年的孤独与孤僻，便是我喜欢林白的理由。

《一个人的战争》，为林白赢来了很大的声誉和争议。林白，也因此被评论界定评为“私人化写作”的代表。其实，“代表”只不过是个称呼，但重要的是林白的《一个人的战争》，明显地表现了个人感觉和女性意识，并涉及了一个在当年中国十分敏感的问题，即“性感”。这在西方女性主义创作中，是一个基本的早已公开的甚至过时的问题。由于我们特殊的历史、社会原因和文化背景，女性性负罪感至今依然是个严重的问题。因此，中国女性文学创作在这方面不可能像西方那样直白与公然。虽然中国几千年的文明史，不乏女子的文学作品，但真正的女性文学，必须有一个与男权文化完全不同的基本视角，那就是真正从妇女的自身经验出发。林白在这方面，创了先河。

咖啡厅的环境很安静，服务员轻轻地为我们的壶，斟满茶水。

我们不知不觉已抽掉了大半包烟，而我每抽一支，都是林白用她的烟火，点燃我的烟火。仿佛我每吸一口，都在吸着林白身上的巫气、鬼气和灵气。这让我们原来神交的距离，一下变得亲近而亲切，宛如两个灵魂在面对面碰撞之后，升华出灿烂的性情。

林白一直不停地叙述着，这让我高兴和意外。在我原来的想象中，林白是个特别怕与人交谈的人。我静静地倾听着，烟雾在我们的眼前缭绕。我能感受她此刻内心的愉悦，我也能感受她蕴藏在心底的痛苦。无论愉悦与痛苦，林白始终在飞翔。用她自己的话说："我每写一部作品，都把自己掏空了。自己变得很轻。"林白说这话时，眼睛睁得大大的，瀑布般的长发飘动到胸前，像个女巫。

自《一个人的战争》后，我先后又读过她的长篇小说《守望空心岁月》《说吧，房间》《玻璃虫》《万物花开》，还有一部纪实长篇《枕黄记》。林白的每一部作品都是不一样的，都在走路，一个比一个走得远。评论界给予她的定评和读者给予她的掌声，是一种鼓励也是一种期待。作为一名普通读者，我留在脑海里印象最深刻的，便是她作品中的"以血代墨"精神。

我们聊得很好，很投缘。林白怕冷落了坐在一旁的我的女儿，便拿一支烟递给她说："玩玩吧！来，林白阿姨教你怎么吸。"小姑娘，还真拿起烟来吸。林白说："记住，是林白阿姨教你吸的第一支烟。"说着，我们都相视而笑。

林白的女儿十三岁了。她说把她养到十三岁，已经觉得很大很大了。我知道林白从小在广西圭河边的沙街长大，那里属南国亚热带偏远地域，她的童年、少年都在那里度过。她说在她童年的时候，她就有萌生到北京去的念头。二十多年后，她历尽艰辛，终于成了北京某个家庭的主妇。然而，这位北京某个家庭的主妇，前不久却放弃北京户口，正式调到武汉文学院去了。她说，当年来北京想要一个家，而现在又想一个人。

我知道林白是一个懂得“舍得”的女人，也是一个不断用生命来创新的女人。这让我颇为欣赏。也许咱们是同一类人，是乐意自找苦吃的人。当自己千辛万苦地把一堵墙砌得高高的时候，有一天就想着把它推翻，重新再来。

咖啡厅里陆陆续续来了一些人，就像从独奏到交响乐那样，我们的声音也提高了八度。林白像个鬼精灵似的说：“你的写作状态很好，你在恋爱中？”我说：“恋爱没有，等着天上掉下馅饼来。”林白似信非信，她几乎固执地认为我在恋爱中。我说：“在美国时与夏威夷大学教授的恋爱，已经老早过去。现在没有恋爱，也许还有一颗恋爱的心。”林白说：“一个女人，有一颗恋爱的心，倒是能写不少东西。”

与林白聊天很快乐，这是与读她的作品完全不同的感觉。她活生生地坐在你面前，她的眉，她的眼，她的棱角分明的唇，她的瀑布般的长发，可以幻化成无数个女人，然后她们像气球一样变轻，腾空而飞。我想到她的《枕黄记》，这部跨文体的纪实长篇，是林白走黄河后的成果。也是我认为，对她来说是一个很重要的突破。尽管，一路上有朋友陪伴着她，但毕竟她走了黄河。她从北京到山东、到陕西、到河南、到青海，她这么一走，仿佛与过去的她告别，迎接一个全新的她自己。

拿林白自己的话说：“人不在写作之中，内心就很空虚。我和世界的关系是很奇怪的，我和世界之间找不到恰当的关系。那时正好李敬泽说他要走黄河，后来就去了，而且每个人都是单独去。其实，我很怕人的，要跟人说话，谈话，喝酒，聊天我是很为难的。比如到陕北、河南，去了以后硬着头皮问人家你家有几口人，几亩地，每天吃什么。通过这么一个事件，自己好像能够与人沟通，能够与人交谈了。”

现在，我们把一包“红金龙”全抽完了。咖啡厅里的顾客，也陆续散去，可我们依然还想继续聊下去。林白随手拆开另一包烟，那是外烟。她抽出一支递给我，用打火机为我点上；又抽出一支，为自己点上。点烟时的林白，是清纯的，目光是善良的，脸上是洋溢着笑容的，仿佛所有的烦恼、痛苦，都统统抛到了九霄云外。

我们的话题又回到了作品，什么是好作品呢？林白说：“有生命的东西，有自由生命的东西是第一流的东西。”我想想也是。还有什么比自由生命更可贵的呢？我静静地注视着林白，注视这个追求自由生命的林白。我想起前不久读过她的《万物花开》，这部书就是描写自由生命的，虽然写的是农村，却是通过作家的内心感受来折射人物内心的生命能量。

时间已经不早了，我的小女儿用脚踹踹我的脚，提醒我该回宾馆休息了。长途火车上我们都一晚没睡着，她是累坏了。于是，我们起身留影，一张又一张的。走出咖啡厅，我回过头去看了一下，咖啡厅里空空的，已经没有人了。

林白把我们送到街对面等出租车，我们的聊天还在继续。她说她手头在写一部《妇女闲聊录》，是一部笔记体小说。我想这也许是她的“三部曲”中的最后一部。如果我没有猜错的话，前两部分别是《一个人的战争》和《说吧，房间》。

林白是望着我们乘坐的出租车远去后，才一个人回家去的。我坐在车上，心也像飞驰的车子一样。我感觉着林白，感觉着她飞翔着的自由生命，将会有更辽远、更宽广的世界。

2004 年 7 月 9 日

载于《作品》2004 年 11 月

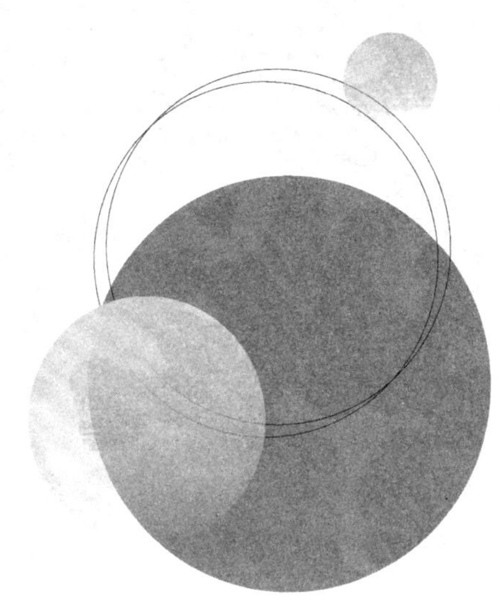

灵魂的飞翔与燃烧

——记海男

海男就是一个用生命和灵魂写作的女人。她每完成一部作品，都是燃烧自己的结果。

读海男的作品有近二十年了，最早读她的诗，她的诗激情、奔放。尤其是长诗，就像汹涌奔腾的钱江潮。语言的密度如潮水般一浪浪扑来，让我目不暇接。比如她在《风琴与女人》中的歌吟，“金子便是嘴唇衔起的音乐，开始就不属于人类/金子便是袖子里的呜咽，从不属于哭泣/金子便是人群中的危险，并不知道自己去哪里/金子便是圆轮上的声音，还想环绕人的胳膊”，这大抵是海男较早的一部长诗，其诗歌语调旋律般明快。

上世纪九十年代，我又阅读了海男的诗集《虚构的玫瑰》，与另一部长诗《归根结蒂》。这时期海男的诗歌，已有了很大的变化。她给我出乎意料的成熟与惊喜。在《虚构的玫瑰》中，她说：“在内心所接受的教育中，镜子在困难中/淘汰我对黑暗的害怕，造成另一种局面/不能离镜子，它特殊的地位又限制了我。”这是比较理性与思索的歌吟了。

海男似乎已经明白，做一个优秀诗人，写作优势绝不能仅仅表现在情感的强度上，而应更突出地体现为一种更富质感的个人风格。《鸟群的声音》，也是一首我比较喜欢的诗歌。它暗示了海男内心漂泊的心境，如，“鸟群的年龄特别短，只有人类的千分之一/在鸟群短暂的时光中，鸟群没有限制的/比树木和积雪更加快乐”。

如果说，海男的诗集《虚构的玫瑰》，是从明快转变为一个相当理智的结果。那么长诗《归根结蒂》，无疑使她对诗歌的理解又发生了巨大的变化。拿她自己的话说：“我开始考虑到梦的诀窍在视觉中的跳跃，我需要的是深度的洞察力，而不是澄清的技巧。”

海男的诗歌崇尚“死亡哲学”，这在她后来的小说写作中也尤其明显。假如我没有记错的话，她的第一个小说是二十世纪九十年代初发在《钟山》上的中篇小说《人间消息》。接着，便是发在《花城》上的中篇《横断山脉的秋祭》。然后，便一发而不可收了。其小说写作的速度，几乎超过了人们的阅读速度。让我惊讶她太过充沛的语言分泌能力与增值空间，给我的感觉是一团燃烧的火。灵魂是在火焰上，飞翔着的。

在海男众多的中篇小说中，我对她早期的《横断山脉的秋祭》情有独钟。这个小说融欲望、性爱、死亡于一体，诗性的语言非常空灵地综合了小说的高难度表达。男主人公“检阅”，与女主人公“夏里”和“普桑子”的性爱与情爱纠缠，在海男丰沛奢侈的语言身体内部，宛如一条金色之蛇逶迤而行；其诗意浓浓地笼罩了主人公的身体四周，使小说在描摹性爱与欲望中，能够让读者观其色彩、听其声音，甚至与作者一起沉湎于对故事的想象与创造中。

海男早期的小说，诗意、优美，但往往缺乏完整的故事。好在她毫无顾忌地涉及某种敏感，写作时很放松。在大胆描写性爱时，超出故事本身内在的规律，也沿着自己喜爱的思路，不忌规范地向前走。这使她在众多的女性写作中，独树一帜，被文坛称为女性主义写作的代表作家之一。

《罪恶》也是海男早期的一个中篇小说，这个发在《收获》上的中篇小说，涉及了罪恶与罪恶的生活。这许是海男当年的一个新尝试。她让欲望的男人与欲望的女人相遇，让欲望赤裸裸地直白表现，从而演绎了人类心灵的黑暗——罪恶。海男在稠密的语言空间，试问谁之罪？谁之恶？是儿子川边？还是川边的父亲？抑或是迷惑父子两代的女人萍香？看得出海男在这个小说里花了不少力气，但仍旧无法对罪恶作更深入的诠释。不过值得欣慰的是，海男当年能够把转瞬即逝的意象片段，演绎成一个故事，这全在于她出色的想象天赋。

我一直比较喜欢海男，海男是上世纪八十年代中期那群女诗人中的佼佼者。我最早看到她的照片是她《风琴与女人》这部诗集中，戴草帽、穿灰短衫的那一张。那张照片，留给我女性的阳刚、力度之魅力的印象。这个印象，与我读她的诗和小说的感觉相吻合。以至于，后来我看到很多海男明星式的美丽温柔的照片，还念念不忘那张穿灰短衫的。

去年盛夏，我有一趟昆明之行，在下榻的宾馆里第一次见到了海男。黄昏时分，我听到门铃响，打开门，是海男。两个人一见面，亲切地拥抱了起来。这是一种心灵的相通，亦是一种心仪已久的表达。海男穿着T恤吊带衣，外套一件白底花衬衫，牛仔裙，头戴咖啡时装帽，瘦瘦的，显得玲珑、美丽、女性化。我们边说边笑，就像回到八十年代中期少女情怀的那种写诗的感觉。单纯、美好，心里涌满女友间的情谊。

这天海男请客，她还约了《滇池》主编李霁宇和驾驶员小李，我们一起去了翠湖边的中国菜馆吃饭。我第一次到昆明，看翠湖是新鲜的。昆明气候四季宜人，坐在中国菜馆里凉飕飕的，像是开足了空调，却全是自然空气。由此，我想到杭州夏天的炎热，便感到海男生活在昆明，比杭州天堂还更天堂呢！

中国菜馆的建筑是那种坡顶式的，梁顶很高。中国菜馆的餐桌椅，也是那种家常式的，让人有种宾至如归的感觉。这天海男叫了很多菜，有成都肺片、粉蒸牛肉、凉拌米线、云南的真菌蘑菇、糯米猪排等，我与海男对面对坐着，频频举杯祝酒，相视而笑。海男笑容美丽，那么多岁月流淌过去了，依然保持一脸纯真。

顾艳与海男　2004年5月在昆明

顾艳（右）与海男　2004年7月在昆明

那顿饭，我的视线总是离不开海男；我们彼此欣赏，女人与女人间的欣赏，较之男人更纯洁。

转眼，与海男告别一年有余，这一年忙忙碌碌的，但一直有计划地断断续续地读着海男的作品。每读一本就感到海男惊人的勤奋与力量，便为自己的“少产”感到汗颜与惭愧。当然，我更为她奇妙的小说世界而惊叹、而欣赏、而心向往之。

海男最早的长篇小说是《我的情人们》。我非常佩服她的勇气与率真，这样的题目，也只有那个年龄段才会毫无顾忌、不遮不掩、任子弹、枪、剑“唰唰”地朝自己的胸口砸来，直至砸得满胸膛鲜血。女人在鲜血中长大了、成熟了，这是一份多么可贵的心灵敞开，没有伪饰。我的秉性也是率真，深知其内心的承受力、感知力与支撑力。女人写作的路，就是“以血为墨”的路。

继《我的情人们》后，海男写了长篇小说《坦言》，这部小说语言十分流畅，但不是她以往的作品风格。我还是喜欢她心灵的文字，喜欢她那种诗性气质下、躲开俗世而入高邈境界的文字。

后来，海男在形式上颇有创新的传记，让我耳目一新。《女人传》《男人传》《爱情传》《身体传》《乡村传》，海男很有系列地写了五本传记作品。这些传记几乎没有情节、没有明确的故事时空，有的是纯粹的叙述中的思想。这五部传记，如果按断行排列，无疑每一部都是长诗。这不得不使我惊讶海男对诗性叙述的把握，与所达到的极致状态。在这里我看到了海男的语言魔术奇观，与她那反常规的语言癫狂舞蹈。

《男人传》，是海男最好的作品之一。《男人传》是男人和女人的精神外传，其实质是解构男人的历史，把男人的历史折叠起来放进她的叙述中。在她的笔下，一个永远无法长大成人的拉康式男人，如何小心翼翼地走进女人世界。海男对男人的描述是非常精细的，她说："他的成功就是他的自由，所以，让一个成功的男人回到一个女人身边，让她为自己而哭泣——这是多数男人弥补自己奋斗史的艰难过程的一种期待。你抬起头来，你想看到她被你所折磨的模样，她被爱情折磨得越厉害，你越痛快。而她必须尽一切努力去哭泣，她在你成功的翅膀下去哭泣。"

男人在成功的时候，需要女人的爱与证明。然而在《男人传》里海男不是浅表地给性别作传，而是力图说出他们在不同生命阶段的不同心理存在样式；其主旨在于探讨生命的幽暗与生命之光。

《乡村传》，也是一部让我喜欢的书。海男是农技师的女儿，乡村在海男的成长中，占据着重要位置。此书的副题，是《一个国家的乡村史》。乡村是国家的母体，就像大地母亲一样，乡村有着无数文化谜语，无数深邃哲学。海男娓娓道来，玉米、土豆、哑巴、媒婆、铁匠铺、女人、孩子、男人的世界构成了乡间的声音与情绪。透过它们，我们看到了乡村的灵魂。因此，面对朴素的生活现场，面对清苦的生活处境，苦难而沉重的乡村生活，让我想象海男写它们时的心灵沉重，与她眸子里闪动着的精神光辉。

《花纹》，是海男前年发表在《作家》杂志上的一部长篇力作。莫言评语说："海男以诗名世，后兼做小说。以摇曳多姿之文笔，抒写女性心灵隐秘；胆大妄为，无所顾忌，早领时下流行女性文学之先。《花纹》一书，承继了她以往的写作勇气，用精巧自然的布局，明丽晓畅的语言，讲述了女人和女人、女人和男人之间的宿命般的关系。其中关于母女关系的描写，达到了令人惊悚的深度。《花纹》，是长篇小说这匹漫长的织锦上的一道个性鲜明的花纹。”

《花纹》带给我的感觉，是海男积累了女性成长的感受与经验，并以诗性语言阐述了故事中人物的崇高快乐和痛苦绝望。

在海男众多的长篇小说中，我还喜欢她去年在人民文学出版社出版的《县城》。这部有着作者自传体色彩的小说，让我感到亲切。它引领我们回到二十世纪八十年代，让我们走进小县城与这个美丽女孩一起经历着在屈从中抗争、在自信中成长的故事的同时，也目睹了改革开放政策给小县城带来的巨大变化。这部小说，在散漫的结构中，贯穿了主人公“我”的历史，以及历史中的碎片。

海男 1962 年生于云南永胜县，原名苏丽华。1981 年开始写作，1986 年与妹妹海慧将近一年环绕黄河流域过一种漫游式的生活。那些才华横溢、文字绚烂的黄河组诗，简直就是生命的血浇灌起来的色泽鲜艳的花朵。海男就是一个用生命和灵魂写作的女人。她每完成一部作品，都是燃烧自己的结果。这让我欣慰，也让我心疼；但她的身体是一团火，必定是要燃烧的。这大概便是海男坚持持久的、充满激情写作的理由。

海男除了诗与小说，还写散文，她的散文是心灵的袒露；而她的语言仍然近乎圣徒般狂迷，狂迷着将自己献祭给写作。那种以身试法的写作，会招致一些非议与误猜，但她顾不上太多，也不在乎别人的非议。

海男是超凡脱俗的。她就像一个马拉松选手，只顾往前飞翔，将自己美丽的羽片纷纷洒落。散文集《空中花园》是我阅读较早的一部集子，而《我的秘密之花》却是近年阅读的。在《我的秘密之花》这部回忆性的长篇散文里，海男阐述了自己从婴儿到女人、从平凡少女到著名作家的过程。读后，我倍感一个女性成长的艰难与不容易，倍感海男顽强的生命力绽放出的花朵，是多么地独特而亮丽。

在中国众多的女作家中，海男是一道独特的风景，也是唯一能把汉语言当作一种魔法、运用到癫狂状态的女作家。我以为海男在她的灵魂世界里，会飞翔得更远、更出色、更美好。因为，她是独一无二的一团燃烧的火。

2005 年 8 月 15 日于杭州

载于《作家》2005 年 10 月

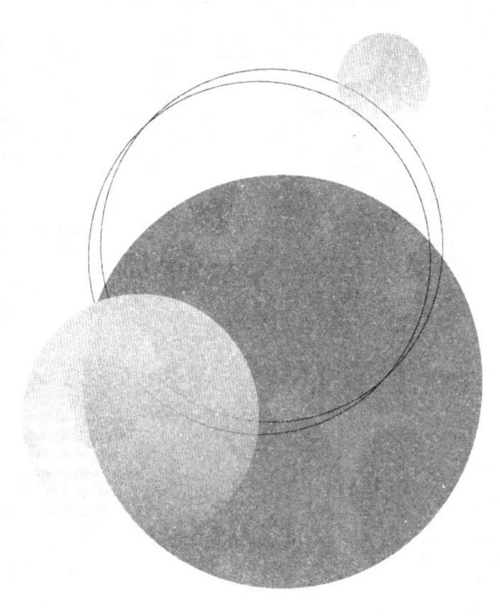

永远的跋涉者

——蒋子丹印象

蒋子丹骨子里是个精神追求很重的人，写作是她的归依。

从二十世纪八十年代初，读蒋子丹第一篇小说《黑颜色》，到最近读她刊在《天涯》杂志上的短论《那天晚上》，时光整整过去了二十多年。这二十多年，蒋子丹虽然没有让自己把作品垒成一座高山，但她不写作时亦在用心积累与感悟。在我眼里，蒋子丹的生活丰富又充实。无论办刊，还是当作协主席，她都勤勤恳恳、踏踏实实。那些为公益事业所取得的成果，就是对她最大的安慰。

前些日子，在报上知道蒋子丹已辞去海南省作家协会主席、海南省文联副主席、海南省人大常委等职务，调到广州市文艺创作研究所当一名专业作家了。按她自己的说法："对于我来说，写作带来的愉悦，是任何其他事情都无法替代的。"这我相信。蒋子丹骨子里是个精神追求很重的人，写作是她的归依。

二十多年前，我读蒋子丹短篇小说《黑颜色》时，被她的黑色幽默与荒诞抽象风格所吸引。"我与舒妤""我与丁教授"的故事，在小说中以一种俏皮话的表达方式显现出来，读之轻松愉悦。很多年后，我还记得她在小说中描写的那一段："那人物的头顶上悬着一个深红色的光环。那块深红跟纯黑的底色正形成了丁教授说的那种最强烈、最明快、最响亮的对比。我突然学会了使用黑色。"蒋子丹给读者一个喜剧的结尾，但当年我总觉得故事没有完，它应该是悲剧。

我就是读《黑颜色》，记住蒋子丹这个名字的。若干年后，果然没出我所料，蒋子丹发表了《没颜色》。《没颜色》是《黑颜色》的续集，虽然没有《黑颜色》的俏皮，但有了死亡与悲剧意识，让我感到沉重与完整。蒋子丹是智慧的。她把本来一个小说，做成了一半与另一半，这便有了不同的时空和质感。

没见蒋子丹时，我一直以为她是美院学生。在我的想象中，她白皙、瘦弱、文静，很“小资”的样子。然而，1993 年 2 月我在海口见到她时，完全不是我想象中的形象。她干练、果断、爽朗，短发中不留刘海的脸，一双不大的眼睛炯炯有神。她给我的直觉，是外表刚毅，内心温柔，智慧有能力。

蒋子丹那次没有随我们的会议去三亚等地，因此与她的交谈不多；但在不多的交谈中，她依然成了我海南之行的朋友，并且一直断断续续地来往着。1995 年 6 月，她的散文集《一个人的时候》在四川人民出版社出版。出版后，她寄给我时写上“随意”二字。

“随意”这词，让我感到温馨。不过我还是老老实实，从头至尾读完了全书。书中内容，大多与蒋子丹的生活经历有关。尤其，读到她父亲死后全家靠每月四十五元抚恤费和父亲的朋友张天翼的支援时，一种饥饿与贫穷让我感到了蒋子丹苦难的少女时光。也许正因为苦难，蒋子丹格外地早熟。她在《祭父》一文中这样写道：“父亲倒下了，但却是像战士那样向前倒下的。‘春蚕到死丝方尽，蜡炬成灰泪始干。’这，就是我父亲的形象；百折不移其志，千磨不易其心，就是我父亲的性格。”

《一个人的时候》这部散文集，尽管大部分篇章写着亲情和友情，但最后一篇长长的《遐想死亡》震撼了我。这篇散文分：“诀别设计”“期待鬼魂”“墓地幽思”“死亡体验”“自杀崇拜”“人之将死”“恭候死亡”七个小节。在通篇弥漫着死亡气息的散文中，融知识、哲理、历史、思想于一体，写得非常深邃、大气、有厚度。

蒋子丹在散文中对生与死的追问，真是大彻大悟了。她在最后一段这样写道：“我是人。一个渺小的人。人终将要死去的。她渺小，却不意味着她不需要庄严。她活着，以渺小的生命庄严地活着，然后死去，用渺小的生命完成庄严的死亡。”

我读蒋子丹的作品不算多，但这不多的作品很有分量地震撼着我，这在我的阅读生涯中是不多见的。2002年秋，蒋子丹与她先生来杭州，她带给我一盒香港的中秋月饼。我们的中秋便过得非常诗意和亲切。那天，我陪她与她的先生去了杭州丝绸市场，去了清河坊步行街，还陪她去了胡庆余堂看病，并在河坊街的“江南人家”吃饭。在丝绸市场，我们一家家商铺逛过去，她先生就坐在石凳上等我们。蒋子丹买东西，不像方方那样见到什么喜欢的会赞叹一番。她很安静，静静地看，静静地买，买完自己的，想着还要给亲戚朋友带上一些。她先生喜欢摄影，我们后来到清河坊时她先生便顾自己去拍那些古老的民居了；等我陪蒋子丹在胡庆余堂看完中医，也不见他回过来。我们就站在街口等，等她先生远远地走来了，蒋子丹的目光便温柔起来，那温柔是一个妻子的温柔。

2002年12月，我在《作家》杂志上读到蒋子丹的随笔集《云雾边城》。2003年5月，此书图文并茂地由河北教育出版社出版，改名为《边城凤凰》。这是一部我喜欢的书，蒋子丹用文字构筑了一个历史古城。分“历史”“传说”“现实”三大章节，引领我们“走近一座城池、一个民族、一个家庭或一个人物，并将感觉的触角深入到它的深处时，莫名的气息从旧墙头的衰草里升腾起来，伴着渐渐暗淡下去的日影飘浮在空气里。属于几代湘西原住民与无数过客的记忆，从苍茫的大山那边伴着轻轻的雷声飒然而至，在文字构筑的遗址上复活，等着我们去访寻”。

这是一种美的感觉。这感觉不仅仅是凤凰，也不仅仅是沈从文、黄永玉，而是一种历史的沉淀。蒋子丹把自己融于凤凰中透过历史变迁，写出了凤凰人的性格生成。男人强悍倔强自尊，是一条条血性汉子。女人信仰宗教，环境造就了她们与生俱来的忍耐力。因此，在凤凰的断墙残碉上，蒋子丹以不同的视角，全方位地刻写着一个民族悲惨的历史命运。它让我们感到这座美丽的边城，虽然光彩迷人却是极其沉重的。因此，《边城凤凰》的历史叙说是主要方面；但由于作者写了不少民间俚俗，比如“老子脾气天下第一”等，还有书中所配插图和摄影与美丽的文字交融在一起，便让此书既厚实又勃勃有生机了。

蒋子丹1954年出身于文学世家，父亲蒋牧良二十世纪三十年代活跃于上海文坛，并与张天翼、欧阳山等人同在鲁迅出殡仪式上为先生扶灵，是当时文坛上著名的“左翼新人”。中华人民共和国成立后，蒋牧良曾任湖南省文联副主席，湖南省作协主席。良好的家庭熏陶使蒋子丹童年时在心中就萌芽着一颗文学的种子。1978年二十四岁那年，她在《新文学史料》上，发表了处女作“追忆父亲”的散文《写在春天深夜里》。1983年她开始小说创作，不久，她以小说《出国演出队名单》获得《人民文学》读者最喜爱作品奖。

1985年，她又以《黑颜色》获得第二届上海文学奖。1987年她的第一本小说集《昨天已经古老》，进入作家出版社“文学新星丛书”。1988年她从湖南长沙迁居海南岛，先后在《海南纪实》和《天涯》当编辑和主编。在我的印象中，蒋子丹的工作能力与创造才华都格外出众。她是中国女性文学的代表作家之一，也是“庄重文学奖”的获得者，并且有不少作品被翻译成多种文字，在海外发表出版。她对长辈亲人、朋友的态度，却是很有孝心和亲切的。

大概是1995年秋的某一天，我一连打了几个电话给她，她都告诉我她在帮她母亲洗头，给她母亲洗衣服等。这让我感到她的耐心和孝心，也感到了她在童年和少女时光所受苦难之后的懂得与明白。

蒋子丹移居海南岛后，写过一篇《乡愁》的散文。这篇散文平实地道出了她的乡愁，她的童年时光。读她这一类散文与读她的小说不同，“本我”的她的散文，不难看出她人生经历的沉重与艰难；但读她的小说，却完全是另外一种感觉。她的小说荒诞、诡谲、尖刻，有幽灵般游荡、有迷失与忧患。这些天我除了重温她的随笔集《边城凤凰》、散文集《一个人的时候》《回忆冬天》，还重温了她的小说集《黑颜色》《贞操游戏》。其中《黑颜色》《左手》和《桑烟为谁升起》，都产生过较大影响。如果说，《桑烟为谁升起》以魔幻游戏式的叙述结构，展开女主人公萧芒的命运，以及对典型的女性角色及其话语的戏仿写作成为女性书写的代表作品之一；那么《左手》则以一个因脑神经受损导致左手失灵的孩子父亲，为了使孩子的左手恢复正常而不断激励他，甚至砸坏东西也如此；最后这个孩子却杀死了父亲。临终前，父亲看到孩子杀害自己的是左手。此小说写得残酷、隽永而妙趣横生。所以，蒋子丹不仅是一架“实干机器”，还是一个不断拒绝平庸，坚持苦心经营独树一帜的小说家。

去年 10 月，我在《读书》杂志上读到蒋子丹一篇题为《当悲的水流经慈的河》的文章。此文章，写迟子建中篇小说《世界上所有的夜晚》及其他的感受。阅读之后，我惊讶蒋子丹的进步。她的感觉依然敏锐，通篇文章写得诗意、从容，其阐释也到位。比起她早些年文字的刚硬，此文字则有了硬中的软，是那种炉火纯青的文字了。这也许正像蒋子丹所说：“要么不做，要做就做好，无论做什么我都本着这样的原则。从这个意义上说，我并不认为做主编和当主席虚度了光阴。这些工作让我开阔了眼界，丰富了阅历，学会了多角度观察和思考问题，相信当我重新回到书桌旁，这段经历带给我的良性影响，将在今后的创作中体现出来。”

后来，我又在《天涯》2005年第2期上读到蒋子丹随笔《那天晚上》。读完全文，颇感新奇。一个平常的晚上，人与动物共处的种种情景，其形象地阐述了人类在这个问题上所经历道德、伦理、生理、生存等诸多困惑与困境。文章结尾，蒋子丹说："这天晚上的事情忽然无比清晰地被我记起，每一个细节每一种心情，都像谶语一样应验着我的困境，也是所有人以及人类良知的困境。在这个深不可测的困境中，我们每个人都在有意无意地进行着生命的戕害与自我戕害，拯救与自我拯救。也许人生的意义，正存在于为摆脱这个永恒的困境所做出的哪怕是充满绝望的努力之中。”蒋子丹所思考的，总是那么深与透。这就是苦难的、丰富的人生经历带给她的成熟与思悟。

在电话上听蒋子丹说，她的关于动物保护题材的长篇，已接近尾声。那么，我想这篇随笔与她的新长篇有没有什么关联呢？倘若有，倒让我提前看到了某种思想观念的先锋性，以及动物生存与人类命运的关系，人与自然和谐相处的关系的兼容性与哲理性。当然，不用我操心，蒋子丹的这部新长篇小说，一定会是一个新的成长、突破与飞跃。

蒋子丹又回到了专业作家队伍。不用多久，我们便能读到她很多独具风格的作品。这让我欣喜。而她一定会像一个不知疲倦的跋涉者，永攀她心目中的高峰。这就是我认识的蒋子丹，一个永远的跋涉者。

2006年4月5日

载于《青岛文学》2008年3月

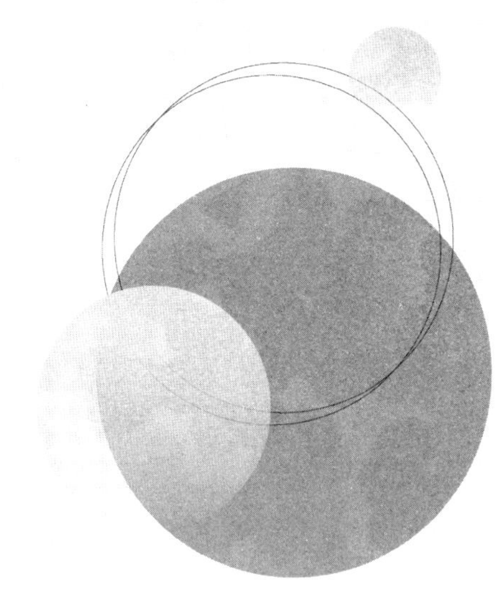

一个女性主义者的思想言说

——记艾云

她嗓音轻轻，脚步也轻轻；但若你与她交谈，你便会感觉到一种“重”。

认识艾云已经有些年头了。初次见面是在1998年9月，北京“第四届中国当代女性文学学术研讨会”上。她一头蓬松卷发，穿着入时的服装，乍看像个影视明星；但只要你与她相处几天，你便觉得她很少有感性成分。她是内向的、沉稳的、理性的。她嗓音轻轻，脚步也轻轻；但若你与她交谈，你便会感觉到一种“重”。

2000年底，艾云寄我一本《赴历史之约》的随笔集，这是一部抒写海外历史名女人的书。从卡洛琳娜、斯达尔夫人、阿赫玛托娃、汉娜一阿伦特到波伏娃、薇依；艾云以自己独特的理解方式，阐述了自己的观点和思想。我从她对这些女人的书写中，看到了她的智慧与明白，看到了她的哲学功底与思辨能力。她在后记中说：“她们是些远去的女人，而且与我们国别不同，但她们又是我们目光必须追逮的人；并且智慧不分国别，它本来就是全人类共同的事物。”

女性与女性，彼此的心灵是用感觉触摸、沟通、接近的。那天我在书店看到艾云的散文集《欲望之年》，便毫不犹豫地买回了家。这是一部谈女性肉身欲望与灵魂欲望的书，它用理性思辨，来描述作者心灵的、感性的文字。若我把它归纳概括起来便是：“女人内部世界与外部世界的纠缠。”

艾云在这部书里，全方位地阐述了女人的心灵世界、情感世界、灵魂世界、肉身世界，并以女性主义的写作姿态，提出女性自身的精神拯救。艾云写得比较细腻，那些带着思想的文字，总是显现出智慧来。譬如，她在书中说：“没有悟性，就难以找到清廓高远的时间。她不会冥想，也就不会把燥热的情绪变得清凉。”她又说：“其实社会发展到现阶段，一个作风正派学有所成的女人，是可以活得安全稳定的。一个有实力的女人单枪匹马闯天下，依旧可以任我驰骋。女人不要太过相信自己的性魅力。没有人格魅力，人只能处处露出可怜的蠢相。有一句话：‘无欲则刚。’大概是适宜所有人的。”

与艾云第二次见面，已是2003年12月在哈尔滨召开的第二届中国女性文学奖的颁奖大会上。这次我与她同居一室，有了较多的接触与闲聊。她依然穿着时尚，精神昂扬，与六年前没有什么变化。我们大多聊些女性话题。探究女性之所以迷人，是我们共同喜爱并思考着的事。我们说成熟女人的出现，会令男人觉得活着多么美好。我们说这样的女人，不是幼稚柔弱遇到事情惊乍惶恐，而是看透世态炎凉，识别巫山云雨的女人。她通体布满玄机，又芳香四溢、神秘渊薮。她是智慧的，又是美丽的。

从哈尔滨回来，我与艾云多了些联系，也多了些彼此的关注。我们有时会在电话上交谈，其主题也是探讨一个女人如何成为智慧女人。虽然相隔千里，但我们能从电话中感觉到对方的眼睛“唰”地一亮。那是灵魂碰撞，产生出智慧火花后的喜悦。这期间我常在《花城》《作家》《百花洲》《书屋》等刊物上，读到艾云有关女性话题的理论文章。她的理论文章，我是喜欢的。她不论述那种宏大的主题，她是从小处着手，步态稳健、有条不紊地探究问题的实质，并且阐述自己的观点与思想，给人以启迪。

今年春，艾云寄我一本她新出的论著《用身体思想》。这是一部论述女性的书，有理论部分，也有评论部分。我尤其喜欢她的理论部分，比如第一篇《时间：就从恐惧说起》，开场白告诉读者：“这是女人的时间。”并从女人的“沐浴”开始，写了“享乐与绝望”“选择与愧悔”“负疚与受难”，艾云站在思想的高度论述这些话题，我们从字里行间，可以看出她深厚的哲学功底，以及敏锐的审视力与判断力。她对克尔凯郭尔、舍勒、德里达、海德格尔，以及茨维塔耶娃等的精到论述与引用，让我感觉着她的某些“尖锐”，受之舍勒的影响；她的某些“明晰”，受之维特根斯坦的影响。除此，艾云的聪明之处，在于从局部说，从细处说。她几乎不做大而无当的空头理论，她论述女人，就好比把一件衣服拆开了，重新再做。

女人的身体是柔软的。女人的身体一思想，便从毛孔里飞出自由精灵来。所谓知性、经验、良知、道德等，都蕴藏在女性的身体内。然而，如果不进入灵魂深处、智力内部，那么，平庸是在所难免的。因此，艾云在感到女性主义写作的必要性与重要性的同时，如何直抵女性主义写作的神秘内核，便是她多年来探究与思考的问题。她害怕被思想拒绝，这是她真正的恐惧之所在。

《用身体思想》的评论部分，论述了王安忆、铁凝、蒋韵、林白、海男等女性作家的作品。她以自己的思想与观点，论述这些女作家的作品时，是站在她们的背景立场上言说的。这一点，我认为很重要。不少评论家喜欢搬西方理论，往作家的作品中套，不管那个作家的作品是否合适，其结果自然是“隔”的。

五月广州之行，我有了与艾云第三次见面的机会。这次见到她，在我眼里她是一次比一次精神朗朗。睿智的女人，是懂得时间的黑洞正在大口吞噬生灵。必须好好活着，无论是否拥有光荣与梦想，我们都必须敬畏生命。那一天，我们与一大帮诗人朋友晚餐后，艾云、林宋瑜、郭玉山与我又来到咖啡馆聊天、喝咖啡。我们四个人的闲聊，至今让我记忆犹新。那真是一场智慧迸射出闪光点的闲聊，我们探讨女人，也探讨男人。但我们最终的归结点，是如何走近宗教？生命、原罪、忏悔、救赎，生与死的奥秘，在那场闲聊中闪烁着晶莹的光。

右一艾云，右三顾艳　2004年5月在广州

艾云生长于古城开封，曾下乡插队，后考入郑州大学中文系。1982 年大学毕业后，留在郑州生活多年。二十世纪九十年代初，艾云举家南迁广州，艾云成为广东省作协《作品》杂志社的一名编辑。在我的感觉里，艾云是一名不错的作家，也是一个顾家的主妇和好母亲。她的即将大学毕业的儿子，便是她漫长育儿期后的最出色作品。

我知道，艾云是那种不会被日常生活的烦琐乱了方寸的女人。生活对她来说是一种付出，更是一种承担。她明白作为一个作家，不能让坏情绪影响写作。因为文字不相信眼泪，必须要有一个健康的心态。

艾云已写作二十多年，出过很多部著作，也获过不少奖项。从《此岸到彼岸的泅渡》《细节的四季》《退出历史》到《理智之年》《南方与北方》《艺术与生存的一致性》等，大部分都是以女性为主题的著作。艾云的女性主义思想言说，尖锐不偏激，她仿佛是个武林高手，气沉丹田，将许多质疑化解在她每天的思考中，从而使理性思维建设得稳固而坚实。

最近，艾云又给我寄来了她的《理智之年》与《南方与北方》这两部散文随笔集。《理智之年》按艾云自己的说法，与《欲望之年》都是套用了萨特的书名。她在自序中说："自己始终不想放弃的是那种在理性原则指导下的写作，它令我们心胸阔大，求得真知，令我们眼界宽远，关心人类。"

《理智之年》是一部以理性思辨，论述外部世界的书。在书中艾云再一次沉迷海德格尔的哲学。她从论述作家、艺术家到占卜、相术等，其涉及面颇广；多年的书斋生活，让艾云也成"精"了。

去年的哈尔滨女性文学颁奖会上，艾云的散文集《南方与北方》获了奖。为此，我一直想看看这本书，看看艾云从北方迁徙到南方后的感受，以及她对南北文化差异中的感悟。由于忙着一些事，也由于去了图书馆没借到书，便理由十足地一拖再拖。

这些天，我每天捧着艾云寄来的《南方与北方》，仿佛捧着大半个中国似的。我要跟着她去漫游冷峭中严峻的北方，感受冷飕飕的西北风是怎样让我们缩紧了肩膀。我也要跟着它去南国逛逛商厦，观赏店铺橱窗里的名牌衣饰。当然，在我通读全书之后，感觉着艾云是属于北方的，亦是属于南方的。她的南北文化整合得比较到位。这源于北方有着她生命成长历程的踪迹。童年，开封古城给予她丰厚的历史文化积淀。而北方女人“奔放、热情、精粝、爽朗”的性格，自小感染着她。她有着与北方不可分割的情愫。因为那里有她的故乡，而故乡总是最好最美的。

我更关注艾云南下后的生活。她是如何把自己从里到外变成了一个南方人呢？其实，要真正融入一片土地，并不容易。

《南方与北方》，是一部比较随笔集。艾云从外到内梳理着南方女人和北方女人的差异。看得出她既喜欢南方女人的安静恬淡，又喜欢北方女人的热情奔放。艾云的笔触在字里行间，写得平实。她说：“在北方我们更容易谈论海德格尔，谈论生命哲学和存在主义。不为什么，只因为这一切为我们提供了一个在现实生活中无法实现，却在诗性王国可以找到的返乡之路；那黑森林深处，是一个神秘的遁世之所。”而南方在她的现实生活中，给她带来的感觉是：“速度的南方。南方是一个生活的世界，它将许多常识钩沉出来，它是属于现代的，具有某种未来因素。但是，一种命运和命运感的丧失，却使得写作轻飘虚浮，而少力度和深度。”

除此，艾云在南北方面的比较，还涉及政治、经济、情感等。在写女人的同时，也写男人。南方与北方的男人，在政治意识上的浓淡，在她笔底一目了然。北方男人热衷于政治，渴望获得政治权力，而南方男人却对经济权利，有着强烈的占有欲。为此，艾云在书中持自己的观点、见解和立场，发出了尖锐却又内敛的声音。

纵观艾云的几部作品，比较而言我还是喜欢《南方与北方》。这或许在于，这是一部提出问题的书，亦是一部做着南北比较的书。尽管是一家之言，但从书中我们可以看见一个中国人的良知与道德，一个富有责任感的女性主义者的思想言说在现实中所起的作用。

当然，艾云的研究并不仅仅限于女性方面。她的另一研究是“公共空间”。一个女性研究者，需要对女性、对自己的身体内部真正悟透了，才能进入“公共空间”的研究。艾云在这方面的文章，虽然还没有结集出版，可发在刊物上的数量已为数不少。譬如：《逃离幸福》，是描写十九世纪俄罗斯知识分子的精神气质与命运。《隐喻与常识》，是描写十一世纪的西方；还有《知识分子的鸦片》《拯救个人感受性》等篇章。无疑，那笔力在“公共空间”中已游刃有余。

此刻，我写完了艾云。望望窗外已是黄昏时分，恍惚中仿佛看到艾云脖颈上围着白色长巾，袅袅娜娜地朝我走来；那是开封故里出来的大家闺秀，但一转眼，她又离去了。她要躲进她的书房里，拷问自己的灵魂去；而我却要从书斋走出来，为自己的生日做一碗面。

2004 年 12 月 15 日于杭州

载于《百花洲》2005 年第 3 期

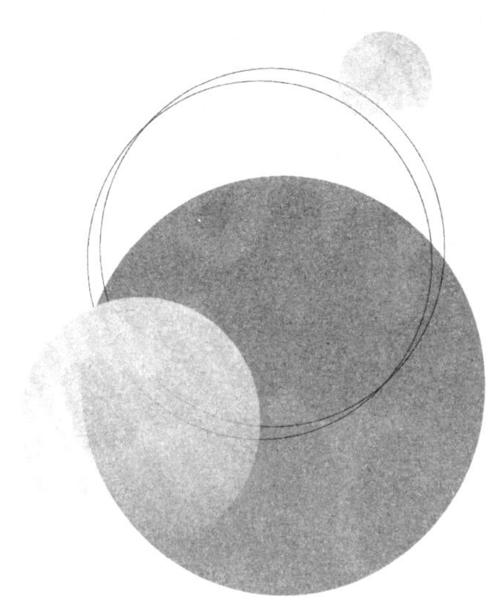

漫游在一个女性思想者的世界里

——记崔卫平

她不像有些女人那么飘逸轻灵，像飘在天上的云朵。她是属于厚重而沉稳的那一种，是双脚落在大地上的耕耘者。

上个世纪末，我在报刊上零零星星读过一些崔卫平的文章。那些文章基本是刚性有见地的思想文字。她关注和思考的问题，有她自己的独特方式与视角。我就这样记住了这个名字。那时杂志上只要看到这个名字，我会买一本回家慢慢品赏。我喜欢哲学，看到女性谈哲学，仿佛遇到了知音。

2003 年 11 月，我在杭州一家私营书店看见一套先锋批评文丛。崔卫平那本金黄色封面的《积极生活》，格外醒目。封面的线型图案很简洁，你可把它想象成人在地球上奔跑，抑可把它想象一种岁月的轮回。我翻开书页，看着那些题目，如《西蒙娜·德·波伏娃：双刃的言辞之剑》《面对强权和悖谬的世界》《为阿伦特一辩》等，我比较喜欢，就把书买回了家。通过阅读，我知道一些崔卫平的理念、思路与追求、感受，她对政治的敏感，对问题的尖锐，抑或是她对西方知识女性的赏识，对东欧文学的热衷。

此书第一篇《阁楼上的疯男人》，倘若你仔细阅读，很容易就看到了作者的追问。这个题目是从《简·爱》男主人公罗切斯特从来没有露过面的可怜的妻子被女权主义表述为："阁楼上的疯女人"引申过来的。这里作者首先谈鲁迅《狂人日记》中的某段名句，其阐释道："一个怀着'独异'思想的'个人'和周围世界的紧张关系，他和周围一般人们之间的冲突和对抗。他所承受的巨大压力最终使得他得了'精神迫害狂'；但他始终不是一个病理意义上的'病人'。"在他的谵言妄语中，透露了"火一般热情"的真理："我翻开历史一查，这历史没有年代，歪歪斜斜的每页上都写着'仁义道德'几个字。我横竖睡不着，仔细看了半夜，才从字缝里看出字来，满本都写着两个字'吃人'。"

作者的思路就像一条河流，从幽暗处凿出光亮。她说："他不是一般意义上的‘先驱者’或‘精神界之战士’，他是一位‘现代英雄’。”然而，什么东西引起了作者极大的困惑呢？也许是：“鲁迅笔下的这位‘狂人’把自己定位在‘现代’的门槛上。他从漫长绵延的历史中‘抬’起头来，发现了其中隐藏的巨大的可怕秘密。自从把‘古久先生的陈年流水簿子，踹了一脚’开始，他便宣布了一种历史的中断：‘你们要晓得将来是容不得吃人的人。’”作者认为，“鲁迅先生在这篇小说中的态度也是矛盾的。”

作者层层阐释，引经据典也颇有说服力。从福柯在《什么是启蒙?》一文中分析了康德对于“启蒙”的界定，以及波德莱尔对于“现代性”的定义，再到康德关于启蒙论述的要点。这不仅在于宣布了一个新时代的到来，而且是这样一个划时代的开始：人人都学会使用他们的理性。这里作者首先要让读者转换视角去理解“启蒙”，然后再回到“狂人”身上来提出问题。最后自圆其说：“鲁迅本人对这个怪圈是有认识的，他称此人为‘狂人’表明了他的不止一种疑虑。”崔卫平的这篇文章不长，她穿梭在现代中国与西方文明中，写得深邃有见地。

《弗吉尼亚·伍尔芙：在沉默和言语之间》，是一篇写得赏心悦目的文章。看得出作者非常喜欢伍尔芙，喜欢她对写作的热忱、自律和献身精神。“句子，句子！没有比句子对一个作家更重要的了！”在涉及女性写作与句子的关系时，伍尔芙表现出严谨、一丝不苟的写作精神，而同时又是最深入和最温暖的女性立场。在女作家和女学者中，喜欢伍尔芙的人不少。

《西蒙娜·德·波伏娃：双刃的言辞之剑》与《为阿伦特一辩》这两个文章，也都是我喜欢的篇章。波伏娃与阿伦特这两位智性女人，虽然命运不同但都为女性涉足哲学开了先河。1949年波伏娃出版了她的《第二性》，1951 年汉娜·阿伦特出版了她的《极权主义的起源》。比较而言，我更心疼汉娜·阿伦特的际遇。崔卫平的《为阿伦特一辩》一文，的确写得相当饱满而充满感情。她阐释的阿伦特是一种精神相通后的领会："在她的生气勃勃的背后，有一种罕见的坚韧。坚韧的力量，但它们并不导致固执和孤僻。相反，却径直走向敞开、接纳和承受，随时准备迎接从天而降的任何好东西。她天性完整、敏感和丰厚。一旦有可能，一经春风化雨，她身上潜藏的所有优秀品质，就会以不可思议的方式生长和崭露头角，让人惊讶不已。"

是的，阿伦特"天生不会计较；相反，更适合感激和感谢。她考虑得更多的是海德格尔给予她的东西——那是一份非凡的礼物，使得她的生命得以像现在这样壮大和宽阔。这是一位心智完整的女人。她知道如何避开那些不健全的东西，尽可能地保持自己生命、头脑和感情的健康和质量"。因为懂得阿伦特，崔卫平便有了与阿伦特血脉相连的精神归依感。

这部《积极生活》的题材比较宽泛，除了阐释哲人、诗人还有公共话题与访谈。《面对强权和悖谬的世界》这篇文章，作者写得相当有意思。她把哈维尔和昆德拉放在一起谈。昆德拉年长哈维尔七岁，哈维尔自称为"荒诞的理想主义者"。从"荒诞的理想主义"出发，哈维尔提出两个属于他的独特的理念："生活在真实之中"和"反政治的政治"。而昆德拉在他的《生命中不能承受之轻》通过萨宾娜之口："既不对我们自己也不对别人撒谎，只有在远离人群才能做到。……萨宾娜保守着那么多恋爱秘密，但一点儿不感到难受……相反，这样做才能使她得以生活在真实之中。"因为"昆德拉不会不知道哈维尔提出这个命题的具体语境"。所以，尽管昆德拉借萨宾娜之口，但对哈维尔这一理念也构不成什么威胁。

作者把他们两人放在一起是做着比较，然后阐明观点，这很有意思。就像足球场上的裁判。“‘反政治的政治’听上去是那么自相矛盾、不可思议，许多西方人也为此感到十分困惑，经常拿这个问题去烦扰哈维尔本人。概括地说，这个思想表达的是：与一般人们不免将政治理解为‘权力的欲望和操作’‘政治阴谋及手段’乃至武力不同；哈维尔认为，真正的政治，配得上这个名称的政治。政治最深刻的基础是良心和道德；政治应该从属于人类良知，它是一种为全体人民的责任。”读这篇文章时，我还真不太了解哈维尔；但对他“反政治的政治”的论点，虽然认同，也不无疑议。

有一天，我在某一篇文章中读到作者大致这样的话：在偶然的机会遇上这部书，在 1994 年趁肺结核在家休息时，开始很有兴趣地翻译这个荒诞派剧作家出身的捷克总统的书。哈维尔是总统。我想崔卫平看准了他，便是进入东欧世界的敲门砖了。后来，我在图书馆找到了崔卫平翻译的《哈维尔文集》，翻读之后，觉得东欧那世界神秘而复杂。

由于，阅读了崔卫平的《积极生活》，2004 年 7 月，我带女儿去北京旅游，便与她相约。我们约好在京师大厦的路边等，但天热又时间尚早，我与女儿到大厦里面去转了一圈，出来时崔卫平已等在路边了。她穿一条黑色镶着白边的连衣裙，留着短发，中等身材，不胖不瘦，风韵犹存。只是也许因为常年的思想，她给我的感觉有点沉重，仿佛思想布满了她的全身。她不像有些女人那么飘逸轻灵，像飘在天上的云朵。她是属于厚重而沉稳的那一种，是双脚落在大地上的耕耘者。

那天下午，崔卫平带我们来到一家京师大厦附近的茶吧喝茶。

顾艳与崔卫平　2004年7月在北京

这个茶吧在我的记忆中，有点儿像欧洲的乡村茶吧。茶吧里就坐着我们三个人，很安静。我们先互相赠书，崔卫平赠我的是她刚出版的散文集《水木年华》，还有一本是美国艾米丽亚·基尔·梅森著的《法国沙龙女人》。这里面有她的一篇代译序《当“鲨鱼”遇见“金鱼”时》，其中的一段话你便能知道作者对写作女人与某些宫廷女人的明白。她说：“伍尔芙是一脚迈出了自家的客厅，自觉地来到写作的市场，将自己的作品交给一个竞争的场所，接受其严格评判。这个意义上，伍尔芙是‘鲨鱼族’的祖先。……不要以为‘金鱼’仅仅是一些相反的人们。的确，她们出身高贵、貌美富有，前呼后拥，但是偏偏有人志不在此。她们要从精神内部锻炼自己，过上一种纯净和丰富的精神生活。”

崔卫平对西方知识女性给予了很大的关注，这是她自己的喜好。她与她们做着心灵的、精神上的交流是没有国界的。

崔卫平那天谈了不少东西，她的口才挺好的。后来，她也与我们谈了她的女儿。她女儿与我女儿这般大。她说她女儿一个人出门旅游去了，让我惊羡。一个十九岁的女孩子，一路的行程都能自己料理好，真是不简单。

崔卫平最喜欢谈的还是学术。我的耳朵里只听见她在说东欧、说波兰、说哈维尔、说波兰思想家米奇尼克，还有茨威格的《昨日的世界——一个欧洲人的回忆》，以及有关信仰、经济增长、精神循环、宗教维度等。对于波兰思想家米奇尼克，我是不陌生的。1997 年初，我在夏威夷读过他的书。这个波兰思想家极其早熟，十三四岁就能在课堂里，大声质疑被掩盖着的真实历史。我想如果说哈维尔的政治基础是良心与道德，那么米奇尼克的政治基础便是政治与公民。在外在实践上，我认为政治与公民便是通向社会的有力途径。

感觉中，我们后来还谈了休斯、谈了阿基米德、谈了龙应台、谈了人性与困境，我想我的记忆力不坏，应该就是这些。小茶吧优雅安静的氛围非常不错，若不是崔卫平还有赴约，我想我们会聊得更多一些。这样的谈话，确实是一种心灵的愉悦，不失其思索与思想的光芒。

告别时，我们合了影，今天找出来看，看着我们怎么就是一脸的严肃？难道这就是女人谈哲学的反映，抑或是哲学已在我们心里感到了对世界的沉重？

回杭州后，我读了她的《水木年华》。这是一部与她自身有关的散文集。有着她的成长、她的亲情与友情。有着她年少时与哥哥的哲学交流与对话。有着她与一大帮男孩子在一起做“假小子”的经历。有着她写女儿“闹闹”的母女情怀。她，1956 年出生，江苏盐城人，毕业于南京大学中文系。

这是作者自身的经历与亲情写成的书，让我有一种亲切感；但我想看的还是她的思想之书。在我的感觉中，她不会停顿在某一处。她会拓宽自己研究的领域。在我们意想不到中，她忽然已经进入了她的另一个新领域，产生新思想了。这就是崔卫平的神秘。我想女人的思想与男人有着某些区别。女人思想的长处，男人并不见得拥有；同样处在形而上思考，女人也许会更细致入微而又不失其尖锐。

去年 6 月，我与女儿从曲阜回来。我在图书馆看到了崔卫平的新著《正义之前》。借回家，细细阅读，觉得她正在改变一种方向。如果说，《积极生活》还是以文学为主的阐释；那么，《正义之前》则是以公共话题，诸如：社会、道德、仁慈、矛盾等的介入与参与为主体的阐释了。这也就是说，崔卫平在她自己的意识中有了更多的社会责任感。我想，这也是广大知识分子都应该肩负的责任，并且把对社会的责任落实在具体的行动中。

在《正义之前》这书里，有一篇《传唱英雄的故事——关于纪录片〈寻找林昭的灵魂〉》的文章。崔卫平对林昭的关注，让我想起湖州诗评家沈泽宜发在《江南》2005年第4期《我和林昭》一文。林昭的灵魂中有火热的爱情，但拿沈泽宜的话说："林昭和我，一个依心如一，一个一无所知。三年来我所小心维护的是一份无比珍贵的友谊，而在友谊和爱情之间，我无法也不想跨越这段距离。谁想到数月之后，一场风暴把我和林昭双双卷入其中。最终的结果是，她已永逝，我仍苟活。"读到这里，我心里难受。

实话实说《正义之前》一书中，那些谈社会的文章写得相当有分量。这不仅需要敏锐与洞察，还需要目击与现场感。作者说："在当下种种社会矛盾之中，的确有相当一部分是与政府的政策、政令所发生的冲突，政府及其官员直接变成利益竞争者，运用民众所授予的权力，反过来与民争利；在排斥民众监督的情况下，单方面将自己的经济利益最大化，这是当今最主要的社会矛盾之一。这种矛盾不解决，很容易演变成为政治矛盾。"作者对社会关注的眼光，其内心已潜伏着危机感。

从着重文学作品的阐释，到对公共话题的论述，崔卫平的转变，与其说是她视野的不断开阔，不如说是她作为一个中国人更觉得自己肩负的责任与使命。尽管个体的自己，总是有着局限，但我想在这部《正义之前》后，崔卫平还有更多的思想与见地将建设她在社会中的外部世界和心灵中的内部世界。这就是崔卫平，一个有着汉娜·阿伦特精神脉络的女人。

2006年3月8日

载于《百花洲》2006年第4期（双月刊）

男作家

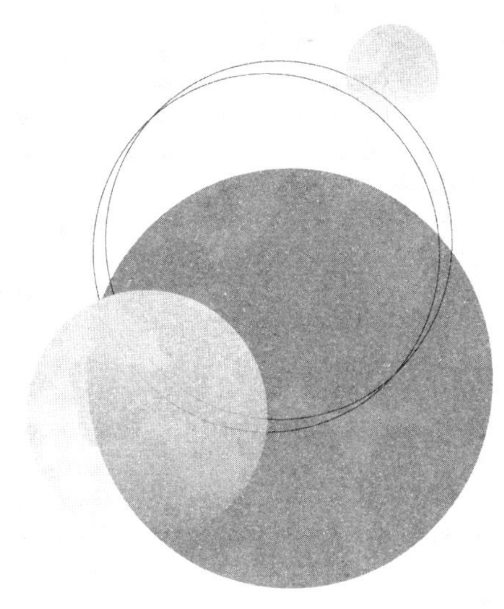

激情燃烧的火把

——我眼中的作家莫言

他给我的感觉是一种“气”，一种气沉丹田的“气”。

莫言　摄于北海道杨栗

关于莫言的评论、访谈已经很多了；但在我眼中，作家莫言有着温和、冷静的外表，举手投足间还有一份沉稳、不急不躁的大师气象。那是2003年10月初，浙江举办首届作家节时，我与他一路同车几日的感觉。此前，我读过他一些小说，但不多。

最早读他的小说是1985年，他的成名作《透明的红萝卜》。上世纪八十年代中期，我还进入不了他的小说世界。我害怕看到他笔下的残忍，《透明的红萝卜》中的某些句子给我印象太深了，"那个黑孩用锋利的牙齿，在姑娘的手腕上咬出了两排深深的牙印，姑娘的腕上便钻出了两个流血的小洞。"还有，"菊子姑娘突然惨叫了一声。小铁匠的手像死了一样停住了。他的独眼里的沙土已被泪水冲积到眼角上，露出了瞳孔。他朦胧地看到菊子姑娘的右眼里插着一块白色的石片，好像眼里长出一朵银耳。"二十多岁的我，看到这样的描述似乎比看到一枪毙了人还难受。

等到我再次读莫言的小说，已看了电影《红高粱》。看过电影，读他的《红高粱家族》便有了亲切感；不过，也为他小说中剥人皮的场面，看得面色苍白。暴力、血腥、死亡在他笔下无处不有，而那些盘旋在我脑海里的故事，总让我联想到上世纪三四十年代写农村的小说家，包括废名的几个写农村的小说。

为什么莫言与他们不同呢？思来想去，终于让我明白莫言小说中的那句："我奶奶"，富于了新的时代感。"我"，仿佛就是一座桥梁，嫁接着从前、当今和未来。由此，我对莫言的农村小说产生了兴趣，觉得他离我们不远。后来，我断断续续读过他的长篇小说《十三步》《酒国》《天堂蒜薹之歌》《丰乳肥臀》，我读得不算用功，不入味的地方"唰唰"翻过了。

比起名声很大的《丰乳肥臀》，我还是喜欢他的《十三步》。《十三步》怪怪的，故事也怪怪的，这是一部复杂的书。小说的视觉和视野，人称的变换等方面，都与莫言过去的小说不同，仿佛这本书是他的实验场。而《丰乳肥臀》，则是以大地母亲为主题的民间之歌；其丰沛的感情，沉重的叙事，都不失为莫言的最好代表小说。唯一不足的是写得有点“满”，语言有点铺张。因此，徜徉在莫言的小说中，他就像一个农民拿着火把，很有激情地在田野上狂奔。故乡与母亲、故乡与童年、故乡与大自然，便是莫言写不完的题材了。

读过《丰乳肥臀》后，有很长一段时间没看到莫言的新作。某天，从报上得知莫言从部队转业了。莫言1955年2月出生于山东高密县东北乡，小学五年级因“文革”爆发辍学回乡务农。1976年入伍。1984年秋入解放军艺术学院文学系学习。1989年秋入鲁迅文学院研究生班学习。他的故乡原来就是高密啊，那不就是我女儿她爷爷的故乡吗？高密我是不陌生的，读了他的书我就更加喜欢高密了。我想那一块土地，没有理由让他不带着生命力浑然的冲动；没有理由，让他不带着底层民间的自然主义美学。

新世纪来临时，我在《钟山》2000年第1期上读到莫言的中篇小说《拇指铐》。他在小说附录《胡扯蛋》中说：“这是歇了两年憋出的第一个蛋。”这怎么叫“憋”呢？他内心的激情与丰富，就像飞流而下的瀑布，只有滔滔不绝地写，才感到畅快。

我手头有一本莫言的短篇小说集《冰雪美人》，按莫言的说法：“短篇更体现一个作家的才华，更能让人思维，体现思想深度。”看多了莫言民间叙事中的暴力、血腥、死亡，我便想他笔下的“冰雪美人”会如何“残忍”？我带着“暴力”的心态，去读这个小说，结果得到的是满满的哀伤。手术室里孙老太太杀猪般的嚎叫，染性病的“冰雪美人”孟喜喜最后还是死了。婶婶紧张地说："我们没有责任。"

读到这里，我把小说又倒回去读。莫言对女性的描述是温柔的，小说中有那么一段："等到她高傲的身影在风雪中渐渐模糊时，我就会趴在雪地上，让肮脏的脸贴在圣洁的雪上，让飘摇而下的雪花把我埋葬。"这段话，让我感动。我仿佛看到莫言笔下虔诚、温柔的地方了。

2001 年春，我家附近一个私营书店的老板，推荐我买莫言的新著《檀香刑》。他说很好看，刚进的书，我就毫不犹豫地买了。可是买回家就被我束之高阁，等到闲下来阅读，已经大半年过去了。这部小说，似乎与《丰乳肥臀》的风格完全不同；它是一种很传统的汉语写作。你能从字里行间，读出他对高密东北乡最原始的激情，同时又感到他无论在故事的、人物细节的，抑或是语言的、风格的问题上，又有了一次飞翔。那种民间说唱，进入小说的叙事语言，很容易让我想到他固有的元曲气味。

《檀香刑》的好看，在于孙眉娘与钱丁之间刻骨铭心、感天动地的爱情故事。如果没有这段精彩的故事，那么纵然是多声部的叙述也会逊色。

与莫言第一次见面，是 2003 年 10 月的浙江作家节上。没想到在去衢州、江山等地时，他会与我同坐一辆车，并且坐在同一排座位上。他是那么安静，声音轻轻的；坐他旁边的《江南》编辑张小红与他开玩笑，他的笑声也是轻轻的。他给我的感觉是一种"气"，一种气沉丹田的"气"；以我的说法，便是"气学"。

我知道古代文人，大多讲究"气学"。俄国的托尔斯泰如果不运用"气学"，又哪里能写出《战争与和平》？以我的理解，小说中激情燃烧的莫言，与生活中温和沉静的莫言，便不相矛盾了。

右一顾艳，右三莫言　2003年10月摄于作家节活动中

那些天，我几乎没有与莫言交谈什么，只看见他坐在车上老是用梳子往一边梳头。我问他为什么呢？他说失眠引起的神经痛。虽然有着“痛”，但我看见他一路都在认真地对待每一个作家朋友。每到一地该干什么，就干什么。记得，我们拿着大剪子去剪胡柚，他也去了。他笑笑说，他终归没有我们女的剪得多。

作家节后，我与他断断续续有着联系。也许见过面认识了，读他的书就比原来有了积极性。他的《四十一炮》一到手，我就开始阅读了起来；这也是一本厚厚的像砖头一样的书。想着他有那么多砖头厚的书，他是在小说中过着皇帝一样的日子呢！当然啦，小说中的皇帝，并不容易做，这要有很丰沛的想象力。

《四十一炮》的封底，有作者的话：“看起来是小说的主人公在诉说自己的少年时光，但其实是小说作者让小说的主人公用诉说创造自己的少年时光，也是用写作挽留自己的少年时光。借小说中的主人公之口，再造少年岁月，与苍白的人生抗衡，与失败的奋斗抗衡，与流逝的时光抗衡。”

我很喜欢这一段话，“再造少年岁月”，也就是莫言在自己笔下，创造一次他的少年岁月。这也许比他自己真实的少年岁月，更让他富有激情而充满快乐心情。

《四十一炮》，以上世纪九十年代初农村改革为背景，通过一个“炮孩子”的视角，折射出农村改革初期两种势力、两种观念的激烈冲突以及人性裂变后，人们在是非标准、伦理道德上的混沌和迷惘。

莫言着重塑造了村长老兰、我父亲罗通和母亲杨玉珍。莫言写的仍然是农村，但不再是从前的农村了。他赋予了农村更多的社会时代感，预先告诉我们新时代的新农村，就是乡村城市化。因此，书中那个“炮孩子”，让我想起《透明的红萝卜》中的黑孩。

如果说，莫言的小说是激情燃烧的火把，那么，他的散文就是平静中的叙述了。散文集《写给父亲的信》，是一部很坦诚的书。莫言在文中写道："我在山东高密大栏乡平安村里，一直长到二十岁才离开。故乡农村留给我的印象，是我创作的源泉也是动力。我与农村的关系是鱼与水的关系，是土地与禾苗的关系。从另一方面看，也是鸟与鸟笼的关系，也是奴役与被奴役的关系。虽然我离开农村进入城市已经十几年，但感情还是农村的，总认为一切还是农村的好，但假如真让我回农村去当农民，肯定又是一百个不情愿。所以有时候骂城市，并不意味着想离开；有时候赞美农村，也不是就想回去。人就是这样口是心非。"

莫言的散文语言是舒缓的，与他本人温和沉静的外表相融洽。

去年深秋，我北大读书的女儿在中国社科院外文所召开的与日本教授谈论大江健三郎的会议上，见到了莫言先生。二十岁的女孩儿见到莫言先生心里怯怯的，倒是莫言先生对她比较友好，说新书出来要送给她一本。这让女孩儿有点受宠若惊，心里非常高兴。

会后，他们一起边走边聊了一段路，我女儿是小老乡遇到了大老乡。女孩儿回校后，打电话给我："莫言一点没有架子啊！他沉稳、亲切、朴实，没有傲气。"女孩儿此刻就像一个评审员，言语间流露出喜悦："我等他的新书出来送我。"

转眼，又到新年了。莫言的新书《生死疲劳》出版了。这部隐居四十三天，写了四十九万字的新书，让我惊讶他一天写一万多字的速度（而且是用软毛笔写的速度），是否自己也到了"生死疲劳"的地步？然而，莫言说："我虽然只写了四十三天，但我

解芳与莫言、斯坦福大学王斑教授合影

积累了四十三年。当时每天睡两三个小时，睡觉时也有一半的脑细胞在工作，有的梦也变成现实。偶尔出去散散步，由于高度亢奋，不至于写了上句没下句，下句永远在等着，最多的一天写了一万六千五百字。”莫言以他激情燃烧的火把创造着奇迹，照亮他自己或更多读者的天空。

读着莫言的《生死疲劳》，就让我想起他的《檀香刑》。如果说《檀香刑》是一种很传统的汉语写作，民间的说唱艺术无处不在，那么《生死疲劳》，无疑是他把中国传统的汉语“章回体”小说，淋漓尽致地发挥了出来。小说叙述了1950年到2000年中国农村五十年的历史，并且围绕土地这个沉重的话题，阐释农民与土地的种种关系。

小说将六道轮回这一东方想象力，铺展在字里行间，让我们看到一世为人、一世为马、一世为牛的主人公有着怎样顽强、乐观、坚韧的生命。小说中，地主西门闹一家和农民蓝解放一家的故事，充满了吊诡和狂热、唏嘘和罹难。当转世为人的“大头儿”，终于执着坚定地叙述时，我们便看到了一条生气沛然的人与土地、生与死、苦难与慈悲的大河。莫言的小说就是这样一部又一部，像河水一样流进了我们的心田。

读完《生死疲劳》，莫言的激情与丰沛的想象力，让我想起曾经在某个刊物上看到陈骏涛先生这样的描述：“2000年，我在一次座谈会上，曾经亲耳听到1994年诺贝尔文学奖得主、日本的大江健三郎对莫言的很形象、很高的评价：‘莫言在人民的汪洋大海里，就像毛泽东主席所说的那样，实现了农村对城市的包围。’”大师的话，意味深远。

莫言的小说还会继续写下去。他曾经说：“我还是一个充满血性的农民。我这种现实意识与农民，与下层人，与老百姓息息相关，正义感是生命。所以我说自己是作为一个老百姓在写作，而不是为老百姓写作。”这是一个很重要的观念。有此观念，读者定能看到他更多充满血性的、为灵魂而写的小说。

2006 年 2 月 25 日于杭州天水斋

载于《作家》2007 年 5 月

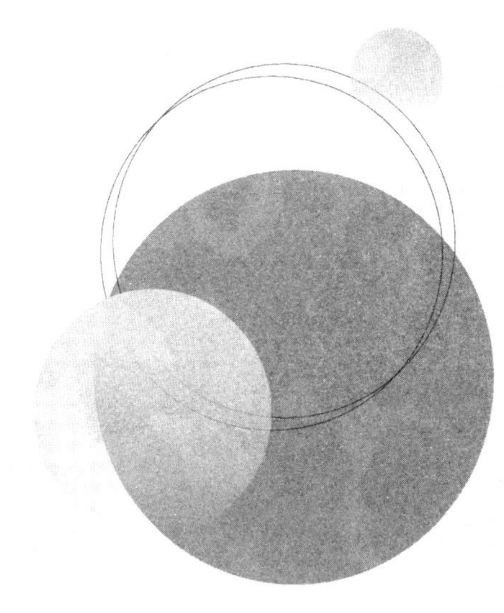

文学就是人学

——余华印象

他是那么亲切、随和，像极了邻家大哥，却是虚怀若谷的。

顾艳与余华 2007年在北京

2007年11月在北京全国青创会上，我又一次见到余华。尤其在闭幕晚宴上，我们坐在一起边吃、边聊；他满脸微笑，显现出宁和、平淡的心态。我知道他没把自己当成大作家，连“知识分子”的架子也没有。他是那么亲切、随和，像极了邻家大哥，却是虚怀若谷的。

读余华的作品是1987年夏，他的短篇小说《十八岁出门远行》，把一个十八岁男孩初次出门远行的经历讲得离奇、冷静和残忍。缜密精细的布局，孩子世界与成人世界的矛盾冲突，以及涉世未深的孩子对现实世界的困惑、恐惧，都在绝望和荒诞中散发出来，而小说的意象使冷笔调的描述，生动、鲜活。这是余华第一个有影响的作品，它留给我们许多值得思索的东西。

读余华的第二个作品，已是他1991年发表在《收获》上的长篇处女作《呼喊与细雨》。1991年盛夏，我读他这部长篇小说如同读《十八岁出门远行》一样，仿佛阅读着余华的自传体心理小说。叙述中的“我”，不断回到少年、儿童时代的内心经历和体验，看似是成长小说的视点，却运用了不同的表现方式。那些以恐惧和内心风暴为着眼点的叙述，隐喻的力量清晰可见，使小说具有一种高度与广度的哲学意味，抵达人的生命悲剧。我喜欢这部长篇小说的叙述风格，很多年过去了，它的味道就像橄榄一样，回味悠长。

1992年，某个出版社朋友送我一本余华小说集《河边的错误》。书中大部分作品，我已在《收获》和《人民文学》上读过；但把那些小说聚在一本集子里，翻来覆去阅读倒是第一次。我从字里行间触摸到的，仿佛就是那些点点滴滴的“鲜血梅花”。余华与鲜血梅花，不可分割。

《鲜血梅花》，来自古典武侠风味题材构筑而成的生存迷宫。

在迷宫中，余华把一个不可能胜任复仇事业的复仇者的全部复仇过程，处理成一场魔镜般昏昏无涯的漫游。在这场漫游中结果似乎并不重要，重要的是在不断消逝、充满意外的偶然与必然的时空中，为了复仇所经历的不断相遇而又相失、相识而又相忘的一切事情构成上，人物受一种超然的神冥力量牵制，行动与主观判断发生一次次偏离和错位。小说情节也就在这种偏离和错位中延宕展开，使其超验和偶发色彩显现成一种扑朔迷离的小说情调。

在这部小说集子里，《现实一种》是对人性中“暴力与死亡”主题意识的超前跨越，以及伦理叙事模式、对传统的绝对颠覆是那么真实地揭示出人性中的恶。小说以发生在一个家庭里的连环复仇为形式，分七个部分：一、皮皮（山岗的儿子）无意中摔死了堂弟；二、山峰（山岗的弟弟）杀死皮皮；三、山岗筹备复仇行动；四、山岗借一只小狗杀死山峰，出逃；五、山岗被捕，枪决；六、山峰妻子冒充山岗妻子把山岗尸体献给国家；七、医生肢解尸体，山岗的睾丸捐献获得后代。这篇小说故事并不复杂，却被余华用外视角和内视角相结合的超然冷漠叙述角度，写得跌宕起伏。

读完余华这部小说集，很多天我沉默不语。文学即人学，在余华这些小说里已经表达得淋漓尽致。“文革”对他至关重要，并且给了他一双童年的慧眼。

上世纪九十年代初期，在《收获》上读到中篇小说《活着》时，我的内心就像作者的叙述一样，舒缓而平静。主人公福贵的命运揭示着生命赋予我们的忍受、苦难、煎熬和绝望。因此，《活着》是一首诗，一首对生命意义追问的哲理诗。它通向读者的血管，汩汩流淌成一条“活着”的河；而无数灵魂在河里飘游，无论幸福抑或是不幸。

读完《活着》，我觉得余华有一种转变。其小说，不再是烙在他童年心灵的故事了。少了恐惧和暴力，多了宁和与苦难，更多了生命哲学意义上的探究和阐释。他所做的努力，抵达的不再是愤怒或诅咒、感伤或抒情，而是关心内心时让内心敞开；敌视现实时，用同情的眼光看待世界。接着，我在《收获》又读到了余华的新长篇小说《许三观卖血记》。这部小说写得轻，却是一个“重”的小说。

我对卖血并不陌生，读小学时我们班上一位同学的父亲，就是靠卖血为家庭主要收入的。《许三观卖血记》我一连读了三遍，这是一个值得思索的作品。它表达了人性单纯愚昧、无奈真实的一面，亦表达了人性崇高、鲜为人知的另一面；既有辛辣的嘲讽意味，又有同情与关爱；把悲剧意味引申为一种痛苦，再将痛苦引申到一个崇高的境界。

在那个时代，穷人家里男人卖血养儿养女是件平常事。余华笔下的许三观卖血，却因养育了一个自己老婆与别人生的儿子，违背了纲常伦理，才有了特别的意义。余华将许三观的父亲角色，描写得淋漓尽致。当许三观发现大儿子许一乐，不是自己的亲生骨肉由爱变恨后，再由恨变爱的过程，读来令人心酸。譬如：许三观接连卖血，直至晕倒在地、被医院回输血液以保命这一幕，就是为了卖血拿钱给“别人的儿子”治病。然而，等三个孩子都长大后，日子渐渐好起来了，不需要再去卖血来养活家里时，他却不是为了钱去卖血了。虽说他的理由是想“吃猪肝，喝黄酒”，但实际上是卖血人生理上的一种“膨胀”感觉。卖惯了血的人，周期不抽就会难受，这就是卖血给许三观留下的“病根”。

1960 年余华出生于杭州，在浙江海盐长大。海盐是杭州湾一座小城，有着宛如密林中的幽深小径。余华父亲是山东人，母亲是浙江人，父母都是牙医。1977 年，余华高中毕业后待业。自 1978 年开始，他当了五年牙科医生。1984 年，《北京文学》发表了他的第一篇小说《星星》。

二十世纪八十年代末，余华长期生活在北京了。余华早年的创作，深受川端康成和卡夫卡影响。后来，他从他们的影响中解脱出来，探索自己的艺术道路。自《活着》和《许三观卖血记》后，无论评论家还是普通读者，撰写余华作品的评论多得铺天盖地。余华的作品亦被翻译成英文、法文、德文、俄文、意大利文、荷兰文、挪威文、韩文和日文等在国外出版，曾获意大利格林扎纳·佛文学奖，澳大利亚悬念句子文学奖等。

自《许三官卖血记》后，我买过余华一本小说集《黄昏里的男孩》。这部小说集收录了十二篇小说，小说故事基本都是当下的生活。我喜欢《黄昏里的男孩》《我没有自己的名字》和《女人的胜利》。《黄昏里的男孩》，是一个老人摧残一个小偷男孩的故事。故事虽简单，结尾却是言已尽而意无穷。《女人的胜利》以偷情未遂事件，剥开了女人的敏感、揭示了女人的内心，告诉人们爱终归是相互的，两个人的事。

这部小说集作者写得相当温馨，不同于《河边的错误》，但依然精粹。在不动声色的陈述中，充满着内在张力。此段时间的作者，似乎变得温情、恬淡、宽容而冷静，不再年轻气盛了。多年来，作为读者的我，认为余华是一个用良心和思考来感受写作的作家。

读完《黄昏里的男孩》这部小说集后，我很久没看见余华有新的小说作品发表。倒是在《读书》和《收获》上，常常读到他的随笔。我买过他几本随笔集，写得相当漂亮。从阅读他的随笔中，我知道他喜欢西方古典音乐，并且将西方古典音乐的结构，运用到小说的结构中。

其实，喜欢古典音乐的人很多，但真正能够进入古典音乐的人很少；而余华是完全进入音乐、精通音乐的。他说："古典音乐处理一个高潮和另一个高潮之间的过渡关系，乐句和乐句的关系，确实让我很迷恋。而且它的手法非常丰富，还有一个最常用的手法就是和声，不同高度的音符同时发出声音，表现不同的人物，很奇妙。其实我们有很多作品描述进入大场面，尤其像《战争与和平》，就是运用和声到了登峰造极的地步。有些清唱剧、受难曲；这样的曲式，又听不懂它的歌词，你只能关心音乐叙述本身的那种意境。"

除了音乐随笔，余华其他随笔也写得非常好。这关键在他除了敏锐的感悟力，还肯下功夫。拿他自己的话说："有人觉得随笔很好写，其实对我来说写随笔很花时间，比如写《卡夫卡和K》，我把卡夫卡的《城堡》重读了两遍，里面夹满了黄纸条，还读了一遍他的书信和日记。"

余华告诉我他已经不写随笔了，一门心思写小说。他觉得随着年龄的增长，记忆力逐渐衰退，有些思绪必须拿笔马上记下来，否则转个身就忘了。

这次见到余华，我发现剃着平顶头的他比从前胖了一些；青布衬衣加黑呢外套，看上去是那么朴素。我们边吃边聊，他说他今年八月与铁凝主席去圣彼得堡参加了莫斯科书展，九月与莫言到瑞士参加日内瓦读书节，随后又与妻子去了瑞典和芬兰，而他初中生的儿子则留守北京。

余华平时不太抽烟，他的嗜好是听音乐，家里有一千多张唱片。每天睡前听上一两小时，那是何等地幸福呵！不过余华也很辛劳，手头同时写着三部长篇小说。

人的大脑潜能是多么无穷无尽呵，如果余华的三部长篇小说能同时完成，那该是他的丰收之年了。这天闲聊中，我得知余华最近喜上心头，那就是“余华研究中心在浙江师范大学成立”；而余华成为该研究中心的特聘教授，计划将于2008年五六月份赴该校教授研究生相关课程。

2006年初夏，我在写一本理论书的同时阅读余华继《许三官卖血记》后停顿多年出版的《兄弟》上下两部。在此前，我在网上看见不少批评《兄弟》的帖子，也有读者与我谈论对这部书的失望。但我读完《兄弟》掩卷而思，觉得余华写得很好，很有勇气。他写出了时代精神，写出了直面人生、贴近地面的承担，在看似粗俗的表面，浸在骨子里的疼痛却是震撼人心的。尤其，在直面人生方面超过《活着》，比《活着》更深刻。

如果说，余华从早年的《十八岁出门远行》《鲜血梅花》《现实一种》等是深受西方影响的先锋作品，那么，《活着》《许三官卖血记》就是回归中国民间社会的作品了。而这上下两部《兄弟》，更是把中国特定时代的民间生活，赤裸裸地表达了出来。我想，《兄弟》是余华一次尝试与革新。他还原了那个时代底层百姓的原生态场景，把自己彻底地回归到中国民间来。他写“文革”，写出了惨淡人生的《兄弟》，其意义是巨大的。他对人性的探究与拷问在《兄弟》中，比他以往任何一部作品大大地前进了一步。

余华是智慧的。他的眼光是世界性的，但又是中国的。余华的成就已经很大了，可艺无止境，我期待着他不断攀登高峰，期待着他手头的三部长篇小说早日问世。也许，那是他又一次自我挑战后，结出的更加辉煌灿烂的果实吧！

2007年12月20日

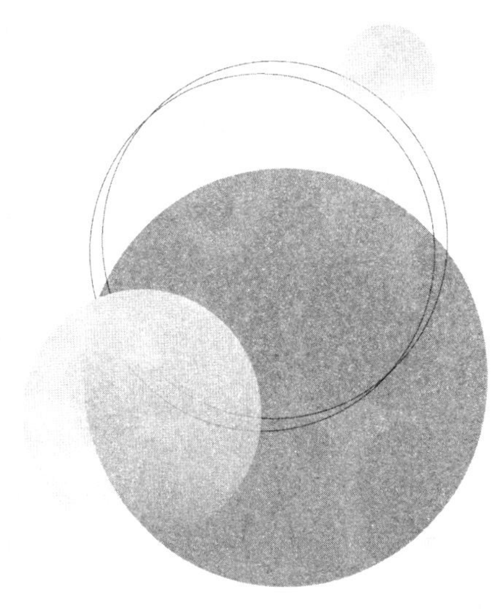

马原与虚构

我告诉他我写了一个有关他小说《虚构》的文章，他有点欣喜，也许我是一个学生，他对学生的成长总是寄予希望。

马原是中国当代“先锋派”小说的代表作家之一。马原在西藏生活过七年。他最脍炙人口的小说几乎都与西藏有关。其实马原与西藏有关的小说，只是很小一部分。我想他并不一定是为写小说去西藏的。他去西藏也许只是喜欢那里的一种生活方式。我想那时他状态应该不错，思维也活跃，而且对写小说也许操练已久，掌握了不少实际经验，所以水到渠成，写出来的小说便广为人知了。

今天我与马原通了电话，未接通时心里有点慌张，但听到他很真诚的男中音，心里踏实了许多。我告诉他我写了一个有关他小说《虚构》的文章，他有点欣喜，也许我是一个学生，他对学生的成长总是寄予希望。

马原有一个小说叫《虚构》，写的是一个汉人在西藏和麻风病人一起的故事。他把自己放在里面，并且毫不掩饰地说，他正在“杜撰这个故事”。这种写法，在那时颇为新奇。大抵是作家读了太多外国的东西，而不自觉地秉有了一种类似博尔赫斯式的叙事精神。

中国小说一直是重内容的。譬如六朝的志人、志怪小说，明清的神魔、世情小说，常以人物、情节取胜，亦常以讽喻、匡正社会为旨。一方面迎合读者猎奇、窥视的心理，说出他们想说的和他们要听的；一方面又传达作者独到的见解和真切的生活经验。譬如元稹写《莺莺传》，便有自传的意味。所以，中国人的传统意识里，小说是写实的。

可是，但凡文学便是虚构。对于这一点，中国人向来是清楚的，只是未尝思考，并将它长久地忽略了。吴承恩写《西游记》，说的是神仙道人、妖魔鬼怪。可到底脱不了现实人的模样，脱不了现实人的关系，就连意旨也脱不了对现实人的教化。后人评说

《西游记》，“以猿为心之神，猪为意之驰，其始之放纵，上天下地，莫能禁制。而归于紧箍一咒，能使心猿驯伏，至死靡他。盖亦求放心之喻。”便是虚为实用，以虚喻实。所以，虚构作为小说存在的方式，淹没在小说的现实功利里而显得微不足道了。

再说形式。中国的传统文学是重形式的。不过比之今日所说的形式，有些差别。一种是外在文类的形式。中国传统文艺的一个特点，便是用不同的形式表达同一的题材。譬如唐明皇和杨贵妃的故事，在白居易是诗体的《长恨歌》，在白朴则是杂剧的《梧桐雨》。而观赏者也恰是热衷于形式的变化。往往看了戏文，又去听评弹，还津津乐道地跟着台上的角儿附和几声。一种是文类内在的形式。譬如六朝时候，单以诗歌而言，讲究句式、声律的规格、变化。这与今日讲究小说叙事的形式，倒有相通之处，皆是变革了文类本身的构成。至于其他文章，好像总循着起、承、转、合，而显得中规中矩。偶有新变，则常在风格，或素或绚。

这种写作的路径，延续了很久。以至于现在，大多数中国人仍旧保留了对实在的、内容丰富的东西的偏好，而对抽象的、嬉戏形式的东西，则秉持了一种冷漠的态度。于作家而言，这算是一种轻松的方法。张爱玲有一句话讲到，“恋爱结婚，生老病死，这一类颇为普遍的现象，都可以从无数各个不同的观点来写，一辈子也写不完。”好像在说作家最紧要的，便是在题材上生出一些枝节，然后依赖现实里许多个可能，作出许多个故事。如此一来，看故事的人便可以在实在的境遇里，体验一回别人的生活。批判、赞赏、羡慕、不屑，情绪可以随意宣泄。把“我”当作另一个“我”，这里面总归有一种扮演的快感。

情况的变化可能是在二十世纪的八十年代。中国人在这个时候经历了一次挑战，一面是经济的，一面是思想的。经济的挑战，首先让大多数中国人体会到了物质的愉悦。与以往不同，人们似乎有了一种平等的机会，去钻营生计。于是，物欲的头脑便无限膨胀起来。人好像掉进了铜板堆里。思想的挑战，则主要地在思考者身上。譬如作家一类人。他们总是敏锐地、在旁人尚未意识时，觉察心灵的悸动。上世纪八十年代，恰又是西学涌入的一个丰年。譬如存在主义、结构主义，是就哲学一面而言的；又譬如意识流、荒诞派，则是从文学一面来说的。中国的思考者们，在瞬息间投入西方辗转近百年的历史中，不免疲惫。个体与群体的意识、传统与现代的观念、本土与外来的文化，这些曾潜藏于心灵底下的呢喃细语，在种种西学理论的砥砺中，尖锐起来。于是，中国的思考者们选择了一种笔头的方法，来表现困境中的挣扎，有时竟是趾高气扬的。

马原就是在这个时候开始了先锋派写作。最早是《拉萨河的女神》，后来才作了《虚构》。这一派的写作，大抵受到西方后现代主义的影响，秉承了一种颠覆的精神。按理说，西方的后现代主义是西方进入晚期资本主义的产物，又或者是后工业社会的产物。而中国，除了通行的市场经济以外，便是社会主义的架构。并且，中国的市场经济又仅是才入门槛的一类。所以，对于中国的思考者来说，彻底而又纯粹地理解西方的后现代主义，是艰难的，又或者是没有普遍性的。不过，感受它在文化一面飘散的精神气息，倒颇有些益处。先锋派的写作即是极好的一例。这种尤重叙事形式的写作，单从本身来说，便是一种新变之美。它使历久以来偏好内容与情节的中国人，意识到了潜在的虚构的力量。

虚构的力量，也许是从怀疑来的。不过，中国人惯常地少了这种怀疑的态度，所以对于故事，总是陶醉其中。等到马原那个年代，才渐渐地以为怀疑是可贵的。这可能受了德里达一派的影响。德里达的思想有一种破坏性，往往尖刻并且肆无忌惮。他怀疑、颠覆，更把常人固有的观念剥落，让它们显得支离破碎。马原大抵是吸收了一些经验，于是怀疑起来。譬如怀疑历史的真实性。司马迁在写《史记》的时候，秦始皇已经死了。他笔下那位君主的形象，除了零星且散乱的一点文字记载，恐怕多是杜撰。又譬如怀疑叙事的可信性。一般人在写日记的时候，往往心潮澎湃。可待到时过境迁、转头回忆了，才发现满纸的荒唐话和虚情假意。真实且可信的东西是难觅的。所以有人想到，落笔便是虚构。这与中国人的传统有差别，好像要使中国人全然地从现实的迷恋里挣脱出来。马原即如是。

谈及虚构，在先锋派那里，大抵是形式上的，但与从前对诗歌作些声律、辞藻的变化，又不相同。譬如马原写《拉萨河的女神》，便是将一些琐碎的、毫不相干的事情拼凑起来，以区别传统的、循情节脉络而动的故事。到《冈底斯的诱惑》、到《虚构》，又有了一种自言自语的意味。这种自语颇似嬉戏。比方说，马原有一句写道，“我就是那个叫马原的汉人。”他把自己写到小说里面，并且一本正经地预示了虚构的开始。末了，他又有两句写道，“下面我还得把这个杜撰的结尾给你们。说一句悄悄话，我的全部悲哀和全部得意都在这一点上。”这里印象颇为深刻。一方面是他溢于言表的得意之情。从前的小说家常有一种使命感，所以读者的地位是很重要的。小说家把故事写给读者，要么是一种道德的感化，要么是一种奇趣的满足。等到马原写小说，小说家的地位便显得重要了。他一面宣扬文字的虚假，仿佛喋喋不休地说，我就是那个正在行骗的骗子。一面又铺陈了一个感觉真实、栩栩如生的世界。于是，读者受到戏弄，陷在进退两难里了，相信或是怀疑。小说家想见了这种窘境的焦虑，不经意间流露出一种得逞的喜悦。他随心所欲、天马行空，回头时却瞥见读者疲惫的追赶。于是，他得到了一种类似于过去读者在读故事中获得的满足感。这也许便是虚构的交流。

又一方面是他潜藏心灵的悲哀之意。从前小说家的形象常是观察者、记录者。把现实里的事情编织成文，再附些新意。等到马原写小说，小说家便更像是虚无的梦想者了。按照西洋的说法，他常处于一种非理性的状态。尤其当他落笔的时候，他便开始做“白日梦”。一种惯常的进入梦境的方式，是把自己当作病人。譬如马原写《虚构》，以为自己是有精神疾患的人。他想生了病的人，便没了诸多的束缚，便可以疯言疯语了。于是，他去到别的陌生的世界，和一些不相通也不相扰的人，做些滑稽而且荒唐的事。中国古代的小说里，也有写人做梦的。譬如唐代李公佐有一个传奇，叫《南柯太守传》，写的便是淳于棼梦见作了南柯太守，历尽人生穷通荣辱的事。待到梦醒，不料是空欢喜一场。又譬如唐代李泌写《枕中记》，让一个书生趁着蒸黄粱的空隙，梦了一番荣华富贵。料是警醒读者，欲望皆如梦，短促而虚幻，终归是要落空的。可见，中国古代小说里的造梦，往往循规蹈矩，往往在说理。有时是社会道德的，有时是人生哲学的。不过，归根结底还是说了一句，与其尽做着千古迷梦，倒不如及时努力。这种明言的梦没有暗喻的梦来得巧妙。明言的梦是故事的外套，过于实在，且含有教化的意味，也便不是梦了。而暗喻的梦则是精神的虚构。譬如马原，不说做梦，却真切地做着入梦者的游历。这种游历是内心底下实在的需求，因之略有些污浊。这种游历又是不持久的，所以常常暗含悲哀。

弗洛伊德有一篇文章叫《作家与白日梦》，讲的便是作家创作好比光天化日里的幻想又好比小孩游戏的道理。他以为作家虚构的作品，给读者一种快感。让读者想到白日梦，而不至于害羞与自责。这种虚构的快感，对于先锋一派的作家来说，大抵以为是可贵的。譬如格非写了《褐色鸟群》，叙事颇让人费解。一面是迷宫的语言，一面是悖谬的情节。情节一面，他讲了一件迷恋女人的往事。末了，却含糊其辞，好像似梦非梦。于读者而言，患得患失的爱恋体验应是有的。并且，模糊阅读的过程给读者的幻想留有余地，使其得以酣畅淋漓、尽情舒展。对作家来说，文无定论好比居无定所，是一种虚幻的漂泊感。这种虚构而来的感受，又使作家在创作的时候，有一种筑起空中楼阁的满足与愉悦。

虚构的升华，则在于作家对形而上的白日梦。譬如时间、生命层面里的揣想。中国人多受儒家文化的影响，所以想问题总是实际的、具体的。老庄一派谈玄虚，但有绝世的念想，故而不为制度所重。释迦一派也谈玄虚，但入中原已是汉代。料想那时，儒家之学已经根深蒂固了。可见，中国人的思维之势历来是有关政治、伦常的。这倒不是说中国人全没有对时间、生命的思考。只不过把诸如此类形而上的东西当作文学表现的对象，恐怕在西方之后。普鲁斯特的《追忆似水年华》便是一例。乔伊斯的《尤利西斯》亦如是，里面有一种时间的困扰。时间是循环且永恒的，所以生命因短暂而变得虚无缥缈。他们如斯体验，用一种技巧传达出来，让读者联想起类似的经验。受此影响的先锋一派作家，也感到时间的困扰。譬如马原，他采取了一种方法是叙事结构上的。他使时间变得模糊，甚至让人感受不到时间在流淌。他写《冈底斯的诱惑》，若干个故事的时间便是交错、盘绕的。仿佛一种虚构出来的、扭曲的时间。不过，普鲁斯特和乔伊斯为时间的困惑找到一种归宿。他们想到了艺术，以为它可以在时光里不朽。至于中国的先锋一派作家，则尚未有定论。

先锋一派的虚构，到后来便不再限于纯粹的形式了。马原最早写先锋派小说。他在故事里面告诉读者，如何组织一个故事。又在实在的场景里提醒读者，如何怀疑它的真实性。他一面写，一面说，说他是如何把小说写出来的。马原以后，譬如残雪、苏童，则没有那样直白。虚构的意思不再是表面的，而融进了私人化的意象与记忆。残雪有一个《山上的小屋》，便是梦魇里怪诞而恶的世界，让人萌生一种无法把握，又无法挣脱的惶恐。她在叙事的思路上是循着一般的路子，不过，行文中四溢着虚而冷的气息，倒让人觉得不寒而栗。

再以后，先锋一派的作家好像归于了冷静与朴素。他们的创作便也从一种浓郁的虚构走向夸大的写实。余华即如是。较前的作品是混乱，且有颠覆性的。譬如他写了一些类似武侠、言情的东西，实际上却像一种对成规的戏拟。而后来的作品，则是缓和。譬如《在细雨中呼喊》。他竭力想要做的，是对内心底下“真实”的揭露。不过背离常态、欲求新奇的方法是舍弃了，转而以一种惯常的平实替代。至于马原，似乎已鲜见他再做白日梦、动笔创作了。他在上海的一所大学里做起教授，一面是作家的马原，一面是读者的马原。他给学生讲课，便也显得独特。他教人不要惯常地看作家虚构出来的东西，教人要看作家如何去虚构。譬如语言组合的技巧。马原大抵是把他虚构的理想，从黑暗小屋带到了敞亮的教室里头了。这一点不得不说是他的一个妙处。

然而还有一个更妙处，是马原刚刚在电话里告诉我的。他说他最近正在把自己的小说拍成电影。这让我十分欣喜。不久的将来，我们就能看见马原的电影。我想他的电影是否也是《马原与虚构》的电影呢？

2005 年 10 月 5 日于北大寝室

载于《作品》2006 年 3 月

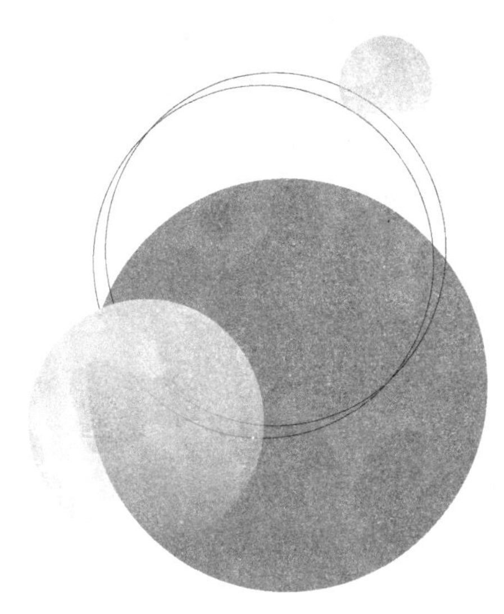

在诗意的梦幻中创造世界

——孙甘露印象

我读孙甘露的小说，除了享受语言快感，还有冥冥中小说气场带给我众多精灵在飞翔的感觉。

“丰收神站在夜色中的台阶上迎接我。她的呼吸化作一件我穿着的衣服，有星月隐约的夜色下，护卫着我也束缚着我。”这是孙甘露《访问梦境》中的句子，我读到它是1993年9月，距它发表已整整七个年头了。都说孙甘露的小说难懂，我倒并不觉得。只不过进入他的艺术世界，需要一把开启的钥匙。

我徜徉在《访问梦境》中，跟着作者一起梦游。它带给读者不是一个完整的故事，而是用他天才的独特艺术感觉，在颇具意象的美丽语词中，搭建一个属于他自己的空中楼阁。那空中楼阁住着一个女人——丰收神，然后我们便看到“我”与丰收神的漫游，看到他们漫游在虚无与现实之中；而他们的现实，仿佛是被气球抛到空中的现实，具有了既虚幻又迷宫一样的效果。

读完《访问梦境》，我一直纠缠着“丰收神”这个女人形象。她住在作者的身体里，由于她的存在，作者在遐想与梦游中便有了实体，有了灵魂飞翔的快感，有了源源不断的创作灵感。

《请女人猜谜》，是作者早期一部中篇小说。它让我们清晰地看见一个写作中的作家的梦幻世界是如何带着忧郁和落寞的嗓音，吟唱一首哀婉的歌；并以独特的叙事方式，阐述作家与女主人公“后”和男主人公“士”的情感纠缠。这些情感纠缠又是虚无的，仿佛是作家在写《眺望时间消逝》这部小说时，因手臂肌肉严重拉伤而不得不定期去医院做电疗时的虚幻梦影。

作家借助“士”与“后”这两个人物，开始了一场自己的精神远游。他要洞悉“士”的内心景观是多么深不可测的黑暗，他亦要让“后”迷醉般地疯狂。在“黑暗”与“疯狂”中，作家奇思异想地穿梭在语词中，让读者明白“士”曾经是一个人物，而现在是个残疾人；他的身份始终处在变异之中：他是见习解剖师，他偷吃解剖室的蛇而被开除；但他又是个谕世者，一个热爱文学有正义感的凡夫俗子；一个谋士和心力交瘁的臆想者；而“后”倒像是作者身体里的另一个“丰收神”。

孙甘露试图颠覆所有小说的形式规范。小说是什么？他似乎有着自己的理解与诠释。孙甘露不大注重故事，却在乎小说的环节、细节、变化，以及恰如其分的妙处。小说中的诗意，也并不仅仅在他那些遣词造句、修辞得当的语词里，而是浸透在他整部小说的气场与灵魂中。

我读孙甘露的小说，除了享受语言快感，还有冥冥中小说气场带给我众多精灵在飞翔的感觉。这便是天启了。透过小说，我仿佛看到作者布满气场的躯体，精灵正簌簌地从他的细胞里飞出来。

《信使之函》也是作者早期的一部中篇小说，一个幻想式的、沉思与哲理并融的作品。“信使”与“耳语城”的关系，就像把“邮差”这个实体，冠以美丽的语词后，抛入虚幻中；而那虚幻又与“信使”视角中的历史，紧密相连。从表面看，作者表达了信使、信、耳语城、六指人与“我”的内在关系，实际上作者的主旨是表达一种看世界的角度与方法。说得具体点，就是观察生活、提炼生活和描述生活的本领。

在《访问梦境》这个小说集中，还有一篇《大师的学生》。这篇小说，与孙甘露其他小说不同。它在现实与虚幻之中，有着一个完整的人物与故事。既对生活有深刻的洞察，又不失诗意的荒诞，写得相当厚重。只是在“气运”上，某些地方有点断；在形式技法上，没有《访问梦境》有感染力，但这仍旧不失为一个好作品。

《大师的学生》，阐述了博物馆管理员维庸、画家立人与“我”的故事。以我的理解，维庸、立人，与“我”都是从孙甘露身上幻化出来的人物。他们都是精神追求的殉道者，他们生活得并不轻松。正如作者在小说末尾说：“他们共同经历的时光，在一个旁观者的眼里是若明若暗的，只要揭示得充分，便具美感。”因此，我认为孙甘露小说的深刻度，不是在人物的刻画上，抑或是苦难的生活经历上，而是铺在字里行间，让我们体味着灵魂的深刻。

未见孙甘露前，我看过孙甘露《一个作家与一座城市》的电视节目。屏幕上的他所折射出来的精神状态，与他小说中男主人公的形象颇为吻合。洒脱、内敛、冷静、沉思，他有一种给人不急不躁很有修养的感觉。今年春，陈村召集的“小众菜园”网友聚餐上，我见到了孙甘露。孙甘露个子高高大大，看上去朴实厚道。由于隔着几个位子，我们只远远地打一声招呼，并没有交谈，但仍然留下深刻的印象。这以后，我们在“小众菜园”里遇见会打一声招呼，偶尔也会发一封 E-mail 信件，保持着联系。

前阵子，我从图书馆借回来了他的散文集《在天花板上跳舞》，以及长篇小说《呼吸》。我还从“小众菜园”下载了他的随笔《上海流水》，与他发表在《上海文学》上的长篇小说《少女群像》（节选）。

读孙甘露的作品，就像走进他迷宫式的艺术世界，需要安静、耐心地品味，才能慢慢领略其中的奥妙与神韵。尤其，是他融散文、诗、哲学、寓言于一炉的小说，只有耐心品味，才能感到他小说的翅膀扇动着读者的心灵，引领着读者翱翔到美学的范畴，使其艺术更为艺术。

《呼吸》是孙甘露的第一部长篇小说，是他早年建立的文学概念实践的最长文本。他的小说中有屠格涅夫的那种“静”，也有萧洛霍夫式的某种“尖锐性”。孙甘露无论短篇、中篇和长篇小说，给我的印象都有一种没有篇幅的感觉，这在于他的小说无论从哪一段进去，都可以领略他奇妙的语言特色的缘故吧！而小说的长短，被我忽略了，就像一个盲人在黑暗中摸索，不知道终极目标在哪里。

长篇小说《呼吸》在散漫的结构中，故事也是完整的；但孙甘露要表达的思想内容，又不仅仅在故事上。他所表达的也许是爱欲的自由性、灵魂的虚无性、个人生活的无效性，以及世俗经历的不可描摹性。这是在他文字背后才能领悟的表达，而在文字表面却比较能够清晰地看见罗克这个不务正业的颓废男人，有着布尔乔亚与波希米亚的情愫。于是，在一种雅致的懒散中，罗克是一个都市中的漫游者；他游走于几个职业各异、性格各异的女人之间，就像“酒吧长谈”。孙甘露常常用它灵光一闪的精彩语词，给小说涂上一层金黄的亮色。

《呼吸》让我感到一个都市男人的颓废呼吸的美，他美在对往事的缅怀，或挥手的姿态如风中落叶。他是那么优雅而无奈：一种不满、一种郁闷、一种哀伤、一种孤独。看似不务正业的男人，其心灵的苦难，有时往往比实际的苦难更苦难。

孙甘露被文坛称为先锋作家，亦是作为当代语言实验最偏激的挑战者。他对这些称呼无所谓，所在乎的是自己的写作状态与写作能力，以及自己的艺术理想与探索道路。因此，他读得多、想得多、思考得多，写得少。这年头各方面的诱惑很多，一个知名作家要做到写得少，也是一件不容易的事。

孙甘露1959年生于上海，祖籍山东，读小学、中学的时候，就开始写一种作业之外的幻想性东西。那时候，他是一个爱幻想的孩子。他父亲的部队在郊区，周围有农村，他就拿那些东西做素材，想象一个故事。而他的外祖母，他的母亲以及他从小生活的一部分街区，也给他带来不少幻想的东西。比如街景、破旧的铁路或者铜磨损后的光亮或者进出的人，他们彼此的关系给他无限的想象。

《在天花板上跳舞》，是孙甘露的一部随笔集。这部集子里的文章，还穿插着几首小诗，别有一番风味。在《写作与沉默》这篇文章里，孙甘露道："写作似乎不是努力发出声音，而是努力不发出声音。沉湎于书本和冥想是人对自己的一种奇异的疏远和孤立，它的形式就是深居简出，并且和日常生活形成对抗。"这对我深有感触，并且唤起共鸣。

也许孙甘露从小喜欢音乐，深味语言与音乐一样，具有旋律、跳跃、节奏等气场和美感；但这些对他来说，还远远不够。他对文体的探索，依然执著而坚定。他说："文学写作要找到那种真正能够将文学语言的能量充分释放出来的途径，这对写作是一种考验。"

《比缓慢更缓慢》是一部散文集，这部散文集中的散文大多写得放松，有一种优雅、从容的内涵。我比较喜欢他《关于垂死的肉身》这篇序文。《垂死的肉身》是菲力普・罗斯的中译本，但孙甘露在序文中的阐述很有意思。他说："这个对自我充满了尖锐嘲讽的作家，饱含着'年龄的伤痕'，依然对年轻的康秀拉无限的怜惜，罗斯那动人的一笔，足以令人被深深的触动。全书所有那些关于肉体的斑斓的叙述，在结尾处变化为一则虔诚的肉体之爱的神话。"

我从"小众菜园"下载下来的孙甘露 2005 年初写的诗歌《他乡》与《葡萄之上》，比《在天花板上跳舞》中收集的诗作要长一些，也更丰满一些。这两首诗，读之朗朗上口，观之意象叠叠，甚是喜欢："在瓯江上航行/收纳火腿/宝剑和瓷器/在夜间回到车站/像替身一样微笑/……你正远在一颗不能抵达的星球上/或者更远/在塞纳河边的巴黎/和我那本寒冷的书在一起/……我的面容/消瘦的树木/切近的性爱/番薯的记忆/被收回的旗帜"。

而《上海流水》，那种看似日记体的形式，却写得超凡脱俗，极具日常与艺术魅力。孙甘露说：“这是我因某家刊物约稿而写。”他这么一写，便把日记写出了风格。

《少女群像》，是孙甘露的第二部长篇。这部还没有出版的长篇小说，发表了部分节选。从节选上看，这部小说第一人称的“我”，是一个女性。也就是说，孙甘露选择了女性的叙事视角。这又使我想起了《访问梦境》中的，“丰收神”。“丰收神”，住在作者的身体里，一个女人也就是一千个女人了。

孙甘露说：“《少女群像》其实是一种戏仿，它并不是描写现实，而是对现实的表现的一种戏仿，本质上还是现代主义的或者说后现代的。”

徜徉在孙甘露诗意幻想中的艺术世界，是一种快乐。他的艺术世界丰富、深邃。他的探索之路正如他自己所说：“思想的重要性正是通过其对立面得以揭示，而文化的多样性正包含着差异和歧义。一种观点被移至相异的环境中，激发起道德方面的困扰，正是其意味深长之处。常言道：文化总是如钟摆一样来回摆动。有活力的文化应该对等级差异表现出敏感。”

我想孙甘露永远会以他敏锐的触角，尝试着对新文体形式的创造与选择，使其思想、语言的表达更为艺术，使其文体形式、最契合文体表现个性的形式，使其独特个性的作品，像精灵一样驻足在每一个阅读者干涸的心房。这就是孙甘露，一个永远的创造者和探索者。

2005年8月8日于杭州

载于《山花》2005年12月

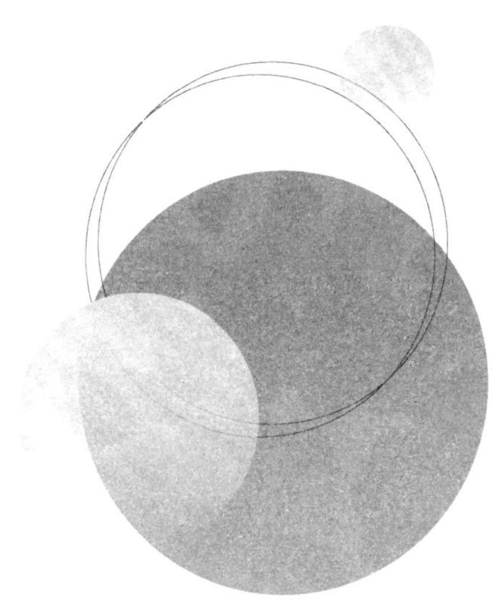

面壁而坐

——记陈村

他是一个有思想深度的作家，
从他冷峻而又阴森森的脸上，
不难看出他的力度与纯度。

顾艳与陈村 2005年3月在杭州望湖楼

想与陈村见面，已经有很多年了，但一次次失之交臂。直到今年大年初二，网友聚会，才真正见上面。那天我与女儿从上海美术馆，赶到天伦酒店时，陈村已经早早地坐在包房餐桌前，恭候网友们的光临。他脱了外衣，穿着深蓝色的羊毛衫，架着宽边眼镜，静静地坐着。

也许是初次见面，也许是在餐桌边，我们几乎没有交谈。他是那么安静，静静的，不说什么话。而我感觉中的陈村，是能说会道，反应奇快，口才雄辩的。我也静静地坐着，默默地感应着，仿佛千言万语都在举高的酒杯之中。

知道陈村这个名字，是在二十世纪八十年代中期。那些年这个名字如雷贯耳，在我不多的朋友中，也能听到他一些新鲜的词语。比如“男人是妇女用品”等。那时候我读过他的处女作《两代人》《少男少女，一共七个》。若干年后，我又翻读过他的小说集《屋顶上的脚步》和长篇小说《鲜花和》，但没有读过他的散文、随笔。对他的人生经历和家庭背景，一直不了解。

听说他是榕树下躺着读书的版主，可惜那时光我用电脑，只打字不上网；但是想读读他的文集和大部分作品，却是我心中的愿望。然而，岁月如梭，一年年总有很多借口与理由，比如出国、比如养家糊口、比如写作忙累。好在我们时断时续地联系着，最终我成了他主持的“小众菜园”里的一个菜农。

自从做了菜农，我与陈村的联系就多了起来。我是网络新手，不会发帖，不会引用，不会贴图，一一向他讨教。去年 12 月 10 日左右，我在某个帖子上看到这样一段话：“陈村随上海作家代表团来悉尼访问，我有了机会与陈村小聚。第一眼见陈村吓了我一跳，他是坐在轮椅上的！……陈村坐了轮椅不算，身子还僵僵地弯在那里，连脖子也不肯随便拧动一下。只见他目不斜视，

顾艳与陈村　2005年2月在上海天伦酒店

直勾勾地盯着一个目标不放，即使是和他说话，他也还是盯着那个目标不放。再看他的脸，阴森森地……第二天在文学讲座上，陈村突然就换了个人似的，虽然还是坐在轮椅上，可他侃侃而谈，妙语连珠。”

看了这个帖子，我十分惭愧。这么多年，我竟然不知道陈村患强直性脊柱炎，不知道他老早以“弯人”自居。于是，我很有激情地给陈村打电话，表示要去上海探望他。可是他怕我来回奔波累得慌，没有成行。这之后，我开始阅读他的文集和大部分作品。

第二天，我把家里仅有的他的小说集《屋顶上的脚步》，以及载有他长篇小说《鲜花和》的《收获》杂志找了出来。在一个大雪纷飞的日子里，我重温他的这些小说。

在小说集《屋顶上的脚步》中，我首先重温《死》这篇小说。因为，我刚读完鲁迅的散文《死》；而陈村的《死》，讲的是翻译家傅雷的故事。这是一篇精致、深邃的散文。作者与死者的交流、对话，通篇流动着幽灵般的光，让我喘不过气来，陷入沉重的思索之中。

接下来，我阅读了陈村的《蓝色》《故事》《愿意》《心》等小说。《蓝色》，是一篇宛如抒情诗歌一样优美的小说，很空灵，有着水一样灵性的思维，仿佛是伴着《让世界充满爱》的音乐，一挥而就。这不太像陈村的其他小说，这小说洋溢着柔软与慈爱。

在这部小说集中，我最喜欢《故事》。《故事》中男主人公张三的形象，栩栩如生，非常清晰。尤其，张三与资本家小老婆张玉娟的那段情感纠葛，写得相当有趣，把两个人物写活了，并且写得合乎他们的个性、身份，自然、贴切。

像《故事》这样深邃地表达人性精神主题的小说，还有《愿意》《心》等。陈村是个思索型的作家，在他很大的脑袋里，几乎无时无刻不产生哲学。

我是在那个杭州多年无雪的雪夜里，开始重温陈村的《鲜花和》的。窗外的雪花纷纷扬扬，小说中也有纷纷扬扬的雪。通读全书，恍若自己也是小说中的一个人物了。我有些遗憾当年没有仔细阅读这部书，这部书的高明之处在于它不像讲故事，却又实实在在是一部好小说。好小说是一种提升，无论宗教的，还是人物精神的、灵魂的，它总有无数精灵在小说中漫游，使整部书的气韵贯通。

几天认真读下来，不难看出这部看似随意的书，却是下了很大功夫的。陈村把一部长篇的故事，压缩在几天时间里，没有严谨的结构是很难写好的。他几乎是一环扣一环地写，看似日常，实则是通过日常来揭示人们在日常生活中的种种。于是浮在表面的日常，便被陈村浸透在笔下人物的灵魂中。各个不同的灵魂，飞舞在纸页上，我们看到“册那”的市骂背后，有多少酸甜苦乐，多少血泪恨仇？

读完这两部书，对陈村的小说有了些微的了解。陈村小说的叙事风格，似乎不像他在网上回帖那么轻松自在；或者他在文学讲座上那样滔滔不绝、侃侃而谈。他是那么地节制、严谨，以至于每一个标点符号都相当讲究。因此，读他的小说，总有一种他自己把自己内心火一样的激情，限制了的感觉。倘若他能放开一些，在小说里也“性情中人”一下，那么可能比我现在读到的更有激情一些，更多一些水样的灵性。当然真正要提升小说，还是智慧与理性。

几乎，我每天都会去“小众菜园”里溜达。在菜园种菜、赏菜是快乐的。每天，我都能看到陈村长置换固顶帖子、回答大赛问题、整理版面，还有跟帖，帮助不会贴图的菜农贴图，像一只勤劳的蜜蜂，在菜园子里飞来飞去。这时候我感觉中的陈村是轻盈的、飞翔着的；飞翔着的他又是严谨的，来不得半点马虎的。好几次我都看到他指出菜农文章中的出典错误，并予以纠正。我也是其中一位，深感陈村的治学严谨。

大概是今年元旦后的第二天，我去图书馆借来了散文集《弯人自述》《古典的人》，四卷本文集长篇小说《从前》《住读生》，小说集《他们》等。那些日子，我沉浸在他创造的艺术世界中。坦率地说，我被深深感动着，尤其是他的散文与他的人生经历联系在一起，读起来有着苦涩的、温温的熨帖感。这时候我知道了陈村的一些人生经历，并为他的经历和人生际遇感慨着。

陈村原名杨遗华，是母亲的遗腹子。他从小在母亲与三个姐姐的呵护下长大。在他眼里母亲与姐姐是神圣的，女性也是神圣的。那时候生活清贫，如果母亲下班回家带一个冷了的馒头给他吃，他就很高兴。也许从小清贫的生活，养育了他善于思考的习惯。十九岁的他，在《朋友》一文中说："我的全体依赖于不朽的理性，理性是属于我又超乎于现实的我的自己。我领教了家庭生活，爱情给我以单一的朋友和生理的满足，而人类之爱却可获取地球上无数万个由不同遗传规定的居民的共鸣。"读这一段文字，令我十分惊讶，惊讶他小小年纪就能思考个人之爱与人类之爱这个大主题了。

陈村是一代知青作家，他曾去安徽农村插队，后又病退回沪，进街道里弄生产组做工。据说他插队的农村很穷，地越种越瘦，人越生越多，每天还挣不回一张八分钱的邮票。他的腰，就是那个时候开始坏的。那时候他被人抬回上海，骶髂部生了褥疮。后来，他又在里弄折纸盒、做缝纫机的摆梭。生活是苦涩而酸楚的。他自嘲自己是一名把握曲线美的“弯人”，把母亲喜爱听旧戏中的唱词：“官人好比天上月”，改成“弯人好比天上月”。

读完《弯人自述》这部散文集，我怅怅的，为他那时的极度沮丧难过。那时候，他的确拥有卡夫卡《变形记》里那只甲虫的全部真实感觉。那时候离婚的他，在四十平方米的居室里，到处鸣响着他自己的声音。在我的感觉中，陈村是一个面壁而坐、喜欢思索着的男人。尽管他内心好动，血液里流淌着激情，喜欢说些被朋友们认为很“毒”的话，但他都必须一天天地坐着。面壁而坐，也就是向死而生。

陈村最终延长了他的青春，一家四口，过着其乐融融的日子。无论纸上的世界，还是生活中的世界，陈村都拥有一颗年轻的心。的确，陈村是个好父亲，那些写给孩子们的文章，足以看出他的耐心细致，以及他孩童般的泼皮，给孩子们带来身心的愉悦与快乐。如今他的女儿天天快考大学了，儿子杨乐山水又是多么地可爱。人生在世，除了理想、事业，天伦之乐也是重要的。

我就坐在陈村的身边，与菜农们共进午餐。陈村似乎并不能喝太多的酒，倒是能抽烟。都说陈村嘴“毒”，我倒认为他的眼睛比嘴“毒”。他那双很特别的眼睛，仿佛一下就“入木三分”地把你看透了。面对他的眼睛，我的思绪又回到他的小说与随笔之中。比如，他写鲁迅的《看先生骂人》一文中说：“我读鲁迅，深感先生真是格外伟大。在那么多的攻击非难和陷害面前，他坦然地活着，不肯改变自己。人很容易受别人的暗示，活着活着就活到了别人的陷阱里。先生没有。他嬉笑怒骂，他诚恳真挚。他并不总是披着铠甲，内有赤子之心。他强词但不夺理，不为骂人而骂人。”

陈村是一个能够与先生对话的人。

陈村早年上大学读的是政教系，但他的古文底子厚实。网上有一个他贴的《木兰诗》第一册第27课的教材稿，他在回帖时说："这功课宿命一样，我已经做了两年有余……重要的是真正说一点道理和文思。可以赞美，可以批驳，但是要讲出道理。"

陈村无论小说、散文、随笔，抑或是论文教材，都离不开"哲思"二字。他是一个有思想深度的作家，从他冷峻而又阴森森的脸上，不难看出他的力度与纯度；而平时嬉笑怒骂的时候，也许就像水面的浮萍，不怕漂流到何方的。因为心里有底线，那底线便是面壁而坐。

面壁而坐的陈村，除了读书、读网，还喜欢听音乐、下棋。他年轻的时候抄过简谱，也曾把门德尔松的e小调小提琴协奏曲译成简谱。除此，他还喜欢交朋友。菜农小崔来了，他也会去接风洗尘，送去寒风中的温暖。

陈村从事文学创作三十多年了，当专业作家也已经整整二十年。这三十年，他一条道走到黑，对文学的痴心不改；仿佛掉进了一个艺术的网里去了，别无选择，没有终点。

这就是一个真正艺术家的品质。

陈村著作等身，获奖多多，也常出国交流，但他依然孤寂；那是灵魂的孤寂，谁也帮不了他。

纵观陈村的作品，无论小说、散文、论文，语言都是极其干净的。有些小说，也写得像屠格涅夫那样"静"。静则不沉闷、不琐碎。平庸的唠叨和诚实的叙述，往往只有一线之差，可是差之大矣！前者不离一个"闹"字，后者求一"静"字。因此，漫游在陈村的作品中，最大的收获便是能让你的智慧生长起来。

我们的网聚很快结束了，等我从洗手间出来，大家已走出包厢。陈村更是走到了酒店大门口。我们在寒风中告别，什么也没有说，但仿佛什么都说了。我望着他远去的背影，感觉着他的激情与力量足以再写一部，或更多部长篇巨著的。他的艺术世界是青春的，他的感觉世界是敏锐的，而他的心灵世界则是孤独的。

后来，我与女儿走在淮海路上时，恍惚间仿佛看到他那汹涌澎湃的语言，正汩汩地从血液流淌到笔端。我知道面壁而坐是他永远的姿态，而这姿态是一种境界。

2005 年 2 月 20 日于杭州

载于《作品》2005 年 11 月

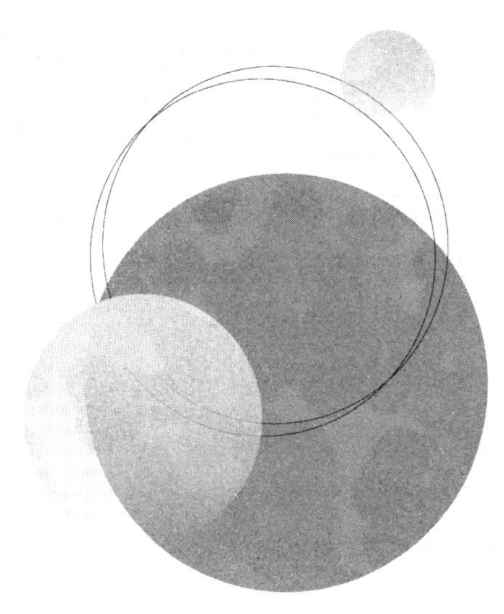

生活在思想与书本之中

——止庵印象

止庵善于在书本中思考，而他的思考又是相当冷静，具有逻辑思维的。

知道止庵就是方晴，就是二十世纪八十年代初发表我处女作的著名诗人沙鸥的儿子，已经是后来的事了。大约在九十年代中后期，我在《天涯》等报纸杂志，常读到止庵写得很棒的读书文章。他像读书界一颗闪烁的明星，受到很多读者关注，也让我的眼睛为之一亮。只要刊有止庵的文章，我就毫不犹豫地买回家。

记得，最早读止庵的文章是他为自己的《俯仰集》作的序。他在序中说："我是医生出身，文学上的一点所知全是凭着兴趣自学的，所以觉得不好的，即使名声显赫，或者地位重要也只有敬谢不敏了。相反，倒是历来那些非正统和不规矩的文章比较能得我心一些，诸如诗话、词话、语录、笔记、题跋等，在我看来比《古文观止》里韩柳欧苏辈所写更说得上是真正的散文。在这方面，我以读者的身份偶尔当当作者，作态的文章我读来难受，我自己当然也就尽可能不去写这种让人难受的文章，也就是'己所不欲，勿施于人'。"

从这篇序中，我大致了解了止庵的喜好。后来，陆陆续续读到他的一些文章，我以为他是一个七八十岁的老先生。

2003 年 10 月，上海同济大学万燕博士来杭州给我一本《张爱玲画话》，这是她与止庵的合著，闲聊中我无意间知道止庵就是方晴。在一阵惊讶与惊喜中，我想起十年前在北京我捧着鲜花去红星胡同探望身患肝癌的沙鸥老师时，沙鸥老师支撑着病体告诉我，他的小儿子方晴也写诗。由此，我记住了这个名字。

与止庵通电话，感觉中他的声音不像他父亲那样感性而爽朗。他声音轻轻，冷静而沉着，这倒与他冷静风格的读书随笔颇吻合。几天后，我收到他寄我的第一本书《插花地册子》。此书，收集了他早年的散文、诗歌与读书笔记。比之他的诗歌《如逝如歌》，我还是更喜欢他的散文《思想问题》。这是一篇读书笔记，阐述的作家有蒲宁、萨特、罗伯·格里耶、加缪、尼采、卡夫卡、索尔仁尼琴、卢森堡，以及中国的孔子、庄子、鲁迅、周作人、胡适等，我惊讶他有本领在一篇不长的文章里，把那么多作家聚在一起论述，而且还颇有自己的见解："我们生活在一个话语泛滥的世界，太容易讲现成话了；然而有创见又特别难，那么就退一步罢，即使讲的是重复的意思，此前也要经过一番认真思考才行。"

止庵善于在书本中思考，而他的思考又是相当冷静，具有逻辑思维的，这大概与他的医生职业有关。他说："我体会到学医的一点好处了，首先是使人冷静，不复狂热浮躁；其次是抱定唯物思想，不相信世间一应虚妄迷信之事，更重要的还在思维方式方面。这职业一要讲理性，二要靠实证，三要用逻辑。"

一个月后，止庵又赠我一部《六丑笔记》。这是一部读书随笔集，以他自己的感受与见解论述着文章的好坏，让我颇为欣赏。全书分四卷，卷一论述：胡适、钱玄同、废名；也有同辈作家车前子、钟鸣等；但怎么看都掩饰不住止庵对周作人、废名师徒二人文章的情有独钟。他说："我看郑振铎、唐弢和黄裳的书话，可以说是真正的书话了。虽不能说是空前（至少在他们之前有一位写书话的大家周作人，而他的书话恰恰是于知识、才具之外，更有思想的魅力），但是几乎可以说是绝后了。"而在《废名文集》序中，止庵又说："现代文学史上，废名是我最心仪的作家之一，我自己学写文章，可以说受惠于他的地方甚多。"

从字里行间，可以看出止庵是不喜欢抒情散文的。他有他自己的散文美学观念。他认为："散文这一文体的真正价值在于它的自然状态，所有形式方面的追求仅仅是以其自身达到完美为终极目的，在这个前提下，作者才有可能真实地表述他的思想，抒发他的感情、描摹他的所见所闻。”正由于止庵的这种散文美学观念，所以其“拿这副眼光去看古今中外的文章，凡是渲染、夸饰、做作，有意要去打动人、感染人，煽动读者情绪或兴致的，一概就没有好的”。

在《六丑笔记》卷二中，止庵谈的《博尔赫斯与我》《川端文学之美》《谈孤独》等，都不错。他说：“川端康成最著名的小说，差不多都是描绘感官美的。所发生的一切变化都是在感官美和对于感官美的描绘之中的变化。”而在《谈孤独》一文中他说：“从某种意义上讲，一个艺术家、文学家或思想家的成就最终都是孤独所取得的成就。至少他应该是经历过此一番洗礼的。……一个人真正做到闲暇，而又不孤芳自赏，他大概可以有一点孤独的体会了。至于另外一种也叫‘孤独’的，就是常常说是要‘坚持’或‘忍耐’的。用《庄子》的话形容则是‘身在江海之上，心居乎魏阙之下’。”

中国是一个散文的国度，但止庵认为自鲁迅、周作人、胡适以后还没有再出现过这样的文化大师。老生代散文作家，如张中行等人与“五四”时代几位代表人物比较起来，还仅仅只限于“传学”程度。“五四”学人对于本民族文化本质的深入思索，以及在方法论方面的贡献都是后人难以企及的。

止庵此话并非故作惊人之谈，亦是寄望于未来。文章之道，“辞达而已矣”也。但“辞达”的背后，蕴含着为文者的学识素养。

去年盛夏，我与女儿去北京旅游，在即将离京的那一天，止庵一早出门，经过两个多小时的乘车换车，来到了我们下榻的宾馆。初次见面，他静静的、含蓄的，并不像他的文章那样“冷”，也没有他父亲沙鸥老师性格中的“热”。我想许是父子性格上的差异，才让当年的“方晴”，成为了后来的“止庵”吧！

止庵那天穿着淡黄的T恤，架着宽边眼镜。比之个性，还是外貌更像父亲沙鸥一些。这天他请我们到我们下榻的宾馆对面的“九头鸟”酒店吃饭。我们边吃边聊，闲聊中我知道止庵从小喜欢读书，买书是他生活的一部分。对他来说，一生的思想基础多少，就因为读那些好不容易买到的书而奠定；这与父亲沙鸥的教导有关。止庵对父亲沙鸥很是崇敬，言语间只要说起父亲，他的眼睛便放出光来。只可惜父亲沙鸥没等止庵出了一本又一本的书，便因病去世了。当然，止庵后来取得的成就，也足以告慰父亲的在天之灵。

止庵给我一本新出的随笔集《罔两编》，这与他早一些时间给我的《向隅编》，是姐妹篇。止庵取书名总是怪怪，但怪怪的书名一定有他的道理。他在《罔两编》自序中，道：“‘罔两’见于《庄子》，一为《齐物论》，一为《寓言》。”

与《向隅编》不同的是《罔两编》谈论的对象，均为翻译作品。止庵在自序的末尾，写得相当有趣，读后令人窃笑。他说：“这也应了那句老话：‘天下本无事，庸人自扰之。’其实非独写序如此，我作一切文章皆然，远不如读书之乐此不疲。周作人说：‘目下在想取而不想给。’（《夜读抄·后记》）回顾平生，意趣正与此老相当；而且并非‘想’与‘不想’的事儿，那么也就是更进一步了。我读文学史和艺术史，感到十九世纪中期以降一百年间，人类文明创获甚多，乃超过此前之一两千年。继乎其后的，也许该是一个好好欣赏的年代罢。生于斯时，诚为幸事，而我们往往自以为在‘给’，踌躇满志，摩拳擦掌，拿出手的却什么都不是，白白浪费了自己与他人的时间精力。”

顾艳与止庵　2004年7月在北京

酒店里闹哄哄的，我们的闲聊时断时续，但菜肴很有特色。我们在饭桌上合影，匆匆地几个小时就过去了。止庵说他平时很少出门，一出门就得花半天时间，北京太大了。止庵是个喜欢穴居的男人，自从离开公职，他喜欢待在家里读书、写作、听音乐、看碟片，日子也过得其乐融融。他这种与父亲沙鸥完全不同的个性，来自小时候的书斋生活吧！

那天与止庵道别，我们踏上了归杭的旅程。在软卧车厢里，我读着止庵的《罔两编》。止庵论述的欧美翻译作品不错，比如《汇聚同一河床的意识流》，是一篇写英国女作家弗吉尼亚·伍尔芙的书评，还有《我的纳博科夫之旅》与尤瑟纳尔的《缺席者的使命》，都写得十分细腻。比较而言，我发现他更擅长对中国古代文学与现代文学的论述。那种对周作人、废名以及远古的孔子、庄子等入木三分的论述，不仅到位而且精当，使你读后会忽然明白，那些看似“涩味与简单味”的文章，就像咀嚼的橄榄，越咀嚼越有味。

岁月如梭，与止庵见面的时光流逝一年多了。这一年多的时光里，我又断断续续地咀嚼着他的那些作品，觉得还是喜欢。他再次带给我的感觉仍然是一个字：静。

止庵 1959 年出生于北京，似乎从未离开过北京，也从未离开过书斋。读医科做牙医的他，为了喜爱的文学，辞去公职潜心写作，让人敬佩。如今是个物欲的社会，也是一个令人浮躁的社会，能真正耐住寂寞的人并不多。有一次，我与止庵在电话上闲聊，突然知道他们家里曾经出过一件大事，那就是 1978 年 8 月 1 日，他的二哥留下一部《中国围棋史》的手稿，突然离家出走了，几十年下落不明，没有音信。手足情深，这件事对止庵是一个沉重的打击。

止庵早年写诗，他的诗不像他父亲沙鸥那种田园风格的八行体诗。他的诗是冷冷的、长长的、看似很有控制的诗。当年，我读他的长诗《挽歌》，觉得他是个冷调子的诗人，但后来读了他在《插花地册子》中那篇《创作生涯》的文章，才知道他最早写小说，写过中短篇小说和长篇小说。只可惜我一直没读过他的小说，也就没有对他小说的发言权。

止庵与万燕博士合著的《张爱玲画话》，写的是《传奇》人物图赞。止庵也是个“张迷”，且是“旁观者清”的“迷”。他说：“张爱玲的《传奇》等，成为中国小说登峰造极之作——在她之前有鲁迅，之后好像就没有什么人了。”止庵喜欢张爱玲的小说，他认为：“张爱玲的小说布局精巧，构思谨严，任你如何推敲，总归滴水不漏。而她驾驭语言真是得心应手，繁则极尽浓艳，简则极尽洗练，一律应付自如。”止庵说得没错，但在境界方面我还是喜欢与张爱玲同一时代的女作家萧红。

纵观止庵的作品，他的读书随笔颇为异数，远胜很多大学中文系教授。止庵这些年已先后出了《如逝如歌》《樗下随笔》《如面谈》《俯仰集》《樗下读庄》《画廊故事》《六丑笔记》等随笔集。我想他是明智地从小说、诗歌，最后归属随笔写作的。他的冷静、他的多思、他的书本中的生活；最后选择“随笔”以表达的最佳方式。

以我之见，止庵一天天在书斋的日子，是一个漫长的自身精神修炼的日子。这虽是个人喜好，但也需要毅力和克制才能苦行僧般地在自己的写作道路上走下去。我相信止庵生活在思想与书本之中会越走越好，走出一条长长的河；那河中坚固的石头，就是他凝聚的思想之光。

2005年7月29日

载于《山花》2005年12月

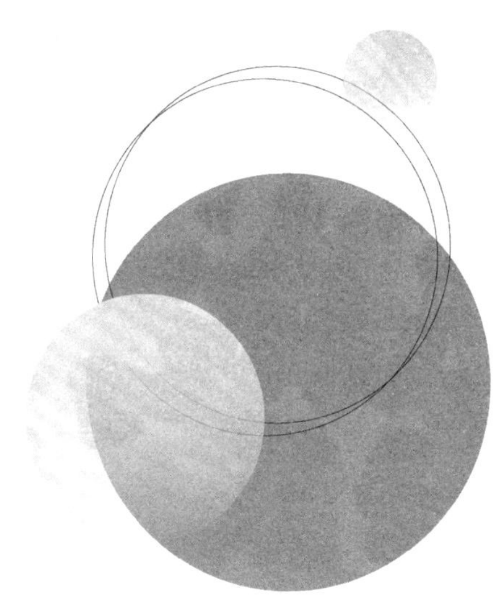

《一行》三十年

——严力印象

我与《一行》的感情就是在岁月的河流中，培养着、成长着，直至从青年走到中年，慢慢地将走进老年。

都说时间快如流水，一转眼《一行》诗刊三十周年了。它上世纪八十年代从美国纽约走来，成为中国诗坛一道亮丽的风景线。先锋、前卫又传承着中国古典诗歌的韵味和特质，令不少先锋派诗人喜欢。八十年代末和九十年代初，我的不少诗作都在《一行》发表，而我与主编严力先生的友谊也从八十年代一直走到现在。

想当初，我们都是年轻人，对诗歌的热爱是那么虔诚和敬业。尤其是严力先生，他八十年代初留学美国，一九八七年在纽约创办《一行》诗刊，其间的艰难和不容易可想而知。好在一切都由于他的热爱、投入，而将一本本白色或灰色底版、黑色图案和字的《一行》诗刊，展现在我们面前。我非常喜欢《一行》诗刊的封面设计，简洁大气又朴素雅致，仿佛有一种魔力让热爱它的诗人越来越多。

二十世纪八十年代，诗歌相当繁荣，是产生众多优秀诗人的伟大时代。《一行》的创刊，无疑为诗人们提供了一个在海外发表作品的园地。特别是有些作品暂时在大陆还不能发表，诗人们就投稿给海外的《一行》诗刊编辑部。主编严力先生“海纳百川，有容乃大”，把来稿逐一发表，成就了一些诗人的先锋思想。主编严力自己也是一位优秀的朦胧诗人，亦是星星画派的出色画家。

随着岁月的流逝，我在《一行》不仅发表作品，与主编严力先生也有了书信往来和诗艺交流。印象特别深刻的是1990年的某一次通信，他写了一封长长的探讨诗歌、绘画的信，谈了他在纽约参加一个会议给他带来的感悟和震撼，信封里还附有他的两张近照。收读这样的信，让我完全置身在艺术中，仿佛阅读的不是信，而是一篇充满观点和思想的艺论，让我怦然心动，精神为之一振。

我在严力寄来的照片中，第一次见到了他。1990 年的严力，按照现在的说法是非常帅和酷。头发乌黑油亮，虽然身着运动服，但挺拔有力量，看上去相当自信。当时，我正在浙江大学进修德语，课堂里我思考着如何回信，抑或是寄一张自己的什么照片给他？

那天傍晚回到家里，我收到文学期刊《南叶》杂志。这期的《南叶》封面和封底，正巧刊登了我的照片和诗歌。欣喜之余，我就把这本《南叶》杂志寄给了严力先生。我们就这样在照片上见面了，彼此都感到亲切、友好。

的确，那些年我常常收到严力先生从纽约寄来的《一行》诗刊，它伴随着我走过了五六年时光，如果某一期晚到了，我就惶惶不安。因为，阅读《一行》诗刊上的所有作品，是我最期盼、最惬意的事。

1991 年我开始写小说，大把的时间都花在写小说上了；但每期收到《一行》诗刊，依然非常激动。远方的诗人朋友记着你，除了自身的努力，更多的是感恩。我与《一行》的感情就是在岁月的河流中，培养着、成长着，直至从青年走到中年，慢慢地将走进老年。

新世纪后，《一行》停刊了，但它在我心里并不因为停刊而消失。它一直活在我心里。尽管停刊后，我与主编严力先生的联系逐渐减少，可心灵的朋友无论有没有见面，或暂时没有联系，其信任和那一份对诗歌的虔诚，依然在冥冥中维系着。我在《大家》杂志上读到严力的小说《带母语回家》，感觉他都能将所遇、所幸，抑或是所不幸，通过思考、取舍，层层剖析，使小说具有思辩色彩和绘画般的质感。

顾艳与严力　2016年4月21日在上海

《纽约不是天堂》，是严力的一部小说集。他的中短篇小说我在某些杂志上读过几篇，其中印象深刻的是描写童年的《石雕的故事》。上世纪五十年代出生的人都有一个“文革”的童年，这与我同样是五十年代末出生的人，就有了一种强烈的认同感。我们都或多或少经历了那些往事，严力却以画家的笔力把它们描绘了出来，让读者如入其境。

再次与严力联系上是2004年，那时他已结婚，并有了两个漂亮的女儿，且居住在上海。我们通过邮箱又开始了诗艺交流。除了写小说，我发现他仍然写着大量的诗歌，并坚持绘画创作。这么勤奋着、努力着、坚持着；除了热爱和虔诚，最最可贵的是那份真挚的心。

我与严力就这么断断续续地联系着，时间一晃又是十年过去了，有几次整理书橱看到一本本近三十年的《一行》仍然完好无损，心里就有莫名的感动。我想严力不就住在上海吗，而我每周都在带着孩子从杭州去上海学钢琴，这近三十年从没有见过面的朋友，不妨约个时间见一下吧！我的这一想法很快得到了严力的支持，我们确定了见面的时间和地点。

2016年4月21日，我带孩子在钢琴名师方百里教授家学完钢琴后直奔虹桥火车站，这是我们约定见面的地方。迟来的见面，虽然都已不再年轻，但依然洋溢着青春活力，仿佛回到三十年前，我们的心跳荡着，短暂的见面，却是永恒，世界变得无比美好！

今年5月，我带着孩子回到美国华盛顿附近的莱克星顿小城，正巧严力也回到了纽约，他告诉我他夏天都会待在纽约，而我那些天正好开车带着家人去纽约旅游。本来是可以再见一面的，后来还是因为彼此的忙碌没有见上。纽约是《一行》诗刊的家，我是《一行》的作者，到了纽约仿佛就回到了家，我呼吸着《一行》的呼吸，攀登上了自由女神像的皇冠，多么美丽的世界啊，我与《一行》同在。

2017 年 6 月 8 日于美国莱克星顿

载于《一行》三十周年回忆录纽约新世纪出版社 2017 年 8 月版

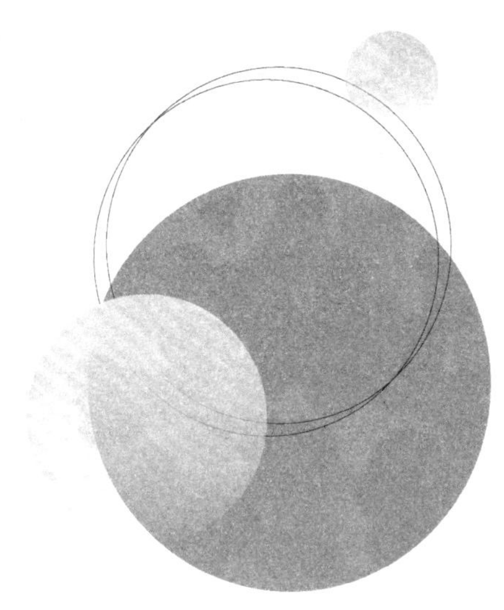

永远的诗人

——吉狄马加印象

与吉狄马加聊天，让我首先感觉他是一个诗人。

前不久，诗人吉狄马加来杭州参加会议。一到杭州，他给我电话，他在电话里的声音，还是从前那种年轻、沉厚的男中音。大约七年前，我出版第一部长篇小说《杭州女人》时，他给过我电话。当时，我惊讶他字正腔圆的普通话，以及具有磁铁一般吸引人的纯质嗓音。

1999 年 7 月初，我随中国作协代表团赴中国台湾参加“两岸女性诗歌学术研讨会”，在京逗留的两天时间里，我见到了诗人吉狄马加。我在他办公室里略坐片刻，便不断有人来向他请示汇报工作。我们无法深聊，我就捧着他给我的《吉狄马加诗选》回宾馆去了。吉狄马加严肃、冷静，像个领导同志；也许，这是在他工作时间的办公室里会面，让我看到的是他理性主持日常工作的一面。

这本《吉狄马加诗选》，是我台湾之行一路携带在身边的书。我喜欢这部封面印有彝文和彝族特有图案的诗选，它的扉页上有这样一段话：“我要寻找的词，是夜空宝石般的星星，在它的身后，占卜者的双眸，含有飞鸟的影子。我要寻找的词，是祭师梦幻的火，它能召唤逝去的先辈，它能感应万物的灵魂。我要寻找被埋葬的词，它是一个山地民族，通过母语，传授给子孙的，那些最隐秘的符号。”读完这些句子，我仿佛拥有一把开启诗人艺术世界的钥匙。

《吉狄马加诗选》共分七辑，第一辑《童年的故事》，诗人引领着我们走进在古老而苍凉的彝族土地上诞生的孩子们的世界。其中，《孩子的祈求》《一个猎人孩子的自白》《孩子和猎人的背》等，几乎全是诗人以童心的视角，阐述了自己对童年往事的追忆，写得真诚、自然，让我们看到一个彝族孩子的纯朴和自信。比如：诗人在《一个山乡孩子的歌》里吟唱道：“我的梦是属于山的，属于那黄褐色的土地。我的爱给母亲，那个剪羊毛的女人。”“城里的孩子，有木马和魔方，可没有五彩石，山里的都属于我。”读这些诗歌，很容易让我们的心回到童年。

二十世纪八十年代初，我在《星星》诗刊上大量地读到吉狄马加的诗歌。吉狄马加早期的诗歌单纯、质朴，带着山里人的泥土气息，显得清新可爱。他在《初恋》一诗中说：“童年。大人们说，凡是孩子的脸都圆。……我想起了弟弟的蜻蜓网，他怎么去网这样一个娴静的姑娘。……我想起了少女的项链。于是，我们在树下捉迷藏。于是，我们在月下抢‘新娘’……”吉狄马加1985年出版了他的第一部诗集《初恋的歌》，这在二十世纪八十年代的诗人群中，出版个人诗集也属走在相当前列。幸运的是吉狄马加以该诗集，获得了中国第三届诗歌（诗集）奖。

《吉狄马加诗选》第二辑《生命的颜色》，汇集了他早期的重要作品。比如：《自画像》《母亲们的手》《老去的斗牛》《龙之图腾》《黑色的河流》《致印第安人》等。这一辑以写中国彝人为主，也兼写世界其他民族。我们从这一辑里，不难分辨吉狄马加诗歌创作的两大主题：中华民族与世界民族。按照他自己的话说：“对人类命运的关注，哪怕是对一个小小部落作深刻的理解，它也是会有人类性的。”

这一辑中，除了《自画像》《母亲们的手》，我还欣赏《黑色的河流》，这是描写大凉山彝族人的古老葬礼。诗中写道：“我看见送葬的人，灵魂像梦一样，在那火枪的召唤声里，幻化出原始美的衣裳。我看见死去的人，像大山那样安详，在一千双手的爱抚下，听友情歌唱忧伤……”全诗写得单纯、朴实，却让我们看到了诗人在描绘大山、森林中彝族人民古老而美丽的灵魂在爱、友情、死的安详与生的哀伤中，透视了彝人灵魂的宝贵素质。

此刻，我到达了我们约定见面的地点，在他下榻的宾馆大厅茶吧里，我刚坐下来要了壶茶，他也正急匆匆地从外面赶来。这是我第二次见到他，感觉比第一次见到他时显得风尘仆仆。尽管他穿着西装，系着领带，也掩盖不住旅途的疲惫和应酬的辛劳。不过，他还是侃侃而谈，而我很乐意听他音质浑厚的男中音。他说："我出生于四川凉山彝族自治州，我所属的部族是中国西南最古老的土著民族——彝族。毋庸讳言，对于我的部族和那长长的家谱来说，我将承担一种从未有过的使命。面对这个世界，面对这瞬息即逝的时间，我清楚地意识到，彝人的文化正经历着最严峻的考验。在多种文化的碰撞冲突中，我担心有一天我们的传统将离我们而远去，我们固有的对价值的判断，也将会变得越来越模糊。我明白我是这个古老文化的继承者，我承认我的整个创作，都来自我所熟悉的这个文化。"

与吉狄马加聊天，让我首先感觉他是一个诗人。诗人的气质，浓浓的扑鼻而来。他时而激情，时而忧郁，使我想起他在《黑色狂想曲》里吟唱的："啊，黑色的梦想，就在我消失的时候，请为我弹响悲哀和死亡之琴吧，让吉狄马加这个痛苦而又沉重的名字，在子夜时分也染上太阳神秘的色彩。"

吉狄马加是个有激情的诗人。他的诗歌语言质朴率真，感情丰沛激扬；有气场，也有风骨与品格；其作品内涵丰富而深邃的意蕴，在空灵的诗行中流淌着浓郁的彝族文化和人类意识。比如《守望毕摩》一诗，阐述了毕摩所代表着的古老的彝族文化。他说："毕摩死的时候，母语像一条路被洪水切断，所有的词，在瞬间变得苍白无力。"这些句子以悲剧色彩，表达了诗人内心深处的巨大痛苦和焦虑，而这种痛苦和焦虑，读后感到无比沉重。

吉狄马加生长在一个彝族的干部家庭，1978 年考入西南民族学院中文系，在那里熟读屈原和米哈依尔、萧洛霍夫。吉狄马加开始写诗，是因为他的父亲早已去世，他非常怀念父亲。他认为父亲是一个真正的人，大写的人。他在诗中吟唱道："父亲的身躯是古铜色的，耳环就是一轮圆月。黎明的时刻，他捕猎去了，背影就像神话中的巨人。黄昏时才归来，变成了一个远古斗牛士。"诗中浓郁的父子情，可见一斑。

吉狄马加写诗已二十多年，他先后出版诗集《初恋的歌》《一个彝人的梦想》《罗马的太阳》《遗忘的词》等，多次荣获中国国家文学奖，不少诗作被翻译成英文、法文、意大利文、日文、西班牙文、罗马尼亚文等，引起国际诗坛的关注。他曾出访过不少国家，每到一地他总是热衷于拜访名人故居。尤其是普希金，给他留下了一生不会磨灭的印象。他在一则"普希金纪念碑"的画中题词道："枫叶可以作证，在这里曾经诞生过一个人，是他让我们懂得自由的重要，甚至超越了生命。"

吉狄马加崇尚自由，他写过一首题为《自由》的诗。诗中道："我曾问过真正的智者，什么是自由？……有一天在那拉提草原，傍晚时分，我看见一匹马，悠闲地走着，没有目的，没有目的，一个喝醉了酒的，哈萨克骑手，在马背上酣睡……"当然，吉狄马加崇尚的自由是："独立之精神，自由之思想。"他绝不会像哈萨克骑手那样在马背上酣睡。他会把时间节省地用在自由的思想领域和艺术的不断探索中。

我与吉狄马加告别时，他送我一本刊有他诗作的《人民文学》杂志。那是他的近作，有《想念青春》等六首诗。吉狄马加的近作比之早期的作品，更多了圆润与成熟，也更具思想性。比如他在诗中写道："在阿赫玛托娃预言的漫长冬季，我曾经为了希望而等待，不知道那条树阴覆盖的小路，是不是早已爬满了寂寞的苔藓，那个时代诗歌代表着良心，为此我曾大声地告诉这个世界，我是彝人！”这与他早期的作品《母亲们的手》中的语词：“她睡在土地和天空之间，她睡在死亡和生命的高处……”有异曲同工之妙。

吉狄马加的诗歌题材丰富多彩，既有贵族大地母亲的诗，又有江河、森林、山岩自然景观的诗，还有描写战争、饥饿、弱势群体、土著文化，以及人类生态文化的诗歌。他的诗学思维和诗学眼光，也是宏阔而开放的。

《致印第安人》，是一首相当不错的诗。他着重写了印第安人的玛雅文化和他们的“十八月太阳历”，以及印第安人对人类文明的贡献。而彝族，有他们自己的“十月太阳历”。因此，这两个“太阳历”，堪称世界文化史上东西两半球相互辉映的双璧。

吉狄马加写这些诗的用意，并非仅仅两种太阳历。其主要表现为两个古老的民族，都有太阳一样不朽的文化精神，以及两种文明对人类的贡献。

最近，我收到吉狄马加新出的意大利版诗集《天涯海角》。这本装帧漂亮的意大利版诗集，收有诗人不同时期的诗歌三十七首。读着那些有关民族的诗歌，我的血液仿佛也浸透着苍凉的、苦难的民族之魂。的确，那是一种对深沉民族的灵魂显像，对艺术奥秘充满睿智的洞察与智性之思的诗意阐述。其中，那首《献给土著民族的颂歌》，比他早期的《致印第安人》，在艺术上更有韵味，思想上也更为深沉，人类意识与文化眼光，也表现得更加鲜明而不直露。

我想起吉狄马加那天叙述完他的故事，静静地坐在我对面陷入沉思的神情：眉头紧锁。也许生活与工作与写作，总有冲突与矛盾，要协调好需要智慧和能力。吉狄马加是中国作家协会党组成员、书记处书记，全国青年联合会副主席，又是一个永远的诗人。他浓浓的诗人气质，就像他自己说的："在我的灵魂中，我永远是个诗人。文化领导工作，是一项崇高并必须具备责任感的职业。我希望这两者能得到统一。……诗歌创作是我生命中最重要的精神活动，我想我只要活在这个世界上，诗歌就是我生命的一种存在方式。换一种方式说，我的生命中不能没有诗。"

这是吉狄马加的肺腑之言。

现在，当我快完成这个文章时，突然从朋友处得知吉狄马加已被韩国组织机构正式邀请，将代表中国诗人出席"和平祈祷"活动。该活动有几十个国家的诗人参加，而每个国家只有一位诗人代表。每位代表写一首诗。吉狄马加写了在《绝望与希望之间》，他这样写道："我不知道，耶路撒冷的圣书，最后书写的是什么，但我却知道，从伯利恒出发，有一路公车，路过一家咖啡馆时，那里发生的爆炸，又把一次绝望之后的希望，在瞬间变成了泡影。"

我相信，吉狄马加会永远这样吟唱下去。一个永远的诗人，只有与诗在一起才会快乐。而吉狄马加又是一个诗的朝圣者，灵魂在他自己握着带血的长鞭拷问中，自由的精神世界便使他走得更远、更深邃、更辽阔。

2005 年 6 月 6 日于杭州

载于《作品》2005 年 10 月

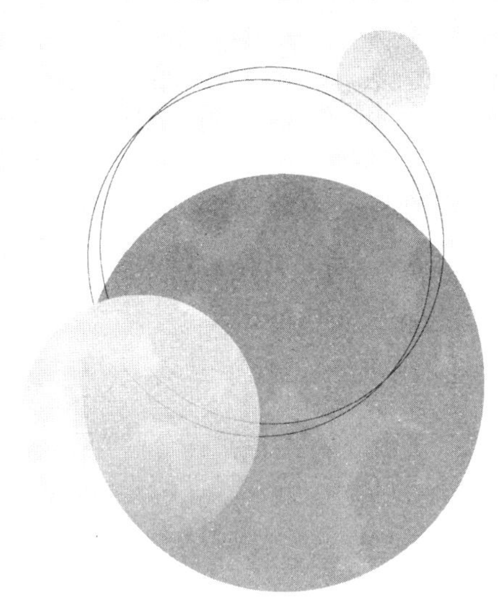

心底永远的悲愁与眼泪

——白桦先生印象

在我的感觉里，白桦先生似乎把自己禁锢在过去的坎坷岁月里，难以自拔。

认识白桦先生已是2002年夏天了。记得，那年夏天我从广东参加一个诗歌笔会回来，收到白桦先生的一封电子邮件。邮件上说，杭州是否能买到一种治癌的药。那是他得知叶楠癌症转移后，“病急乱投医”的信，我们就这么联系上了。

我认识叶楠先生，是在1993年初春的海南岛“椰城笔会”上。后来的十年时间，我一直与他断断续续地联系着，直到他2003年4月5日去世前的那个春节，我还带着女儿去北京探望过他。他是一个很有精神力量的作家。

叶楠与白桦是一对孪生兄弟，亦是文坛一道独特风景线。他们外貌相似，个性却是截然不同的。叶楠爱静，白桦好动，所以，兄弟俩的命运也是截然不同的。

小时候，我看过电影《山间铃响马帮来》《今夜星光灿烂》，还有听说过被禁映的《太阳和人》（剧本为《苦恋》），知道那些都是白桦编剧的电影。二十世纪八十年代中期，我读过白桦先生发表在《上海文学》上的几个组诗。九十年代初，我在图书馆翻阅过他的一部小说集。集子的扉页，有一张他非常优雅的、沉思着又略显悲悯的照片。这张照片的外貌、五官与叶楠几乎一模一样，但我还是能一眼看出他们的不同。如果说叶楠的一生是比较安稳的、内敛的；那么白桦便是动荡的、激情的，更显诗人忧郁秉性的。

我系统地阅读白桦先生作品，是2002年深秋。那时候白桦先生邮寄我一套四卷本《白桦文集》。有诗歌、散文，随笔卷、中短篇小说卷，长篇小说卷，文学剧本卷；砖头厚的四大本书，耗费了我不少时间。老实说，我是喜欢他优美的语言文字的。尤其诗歌、散文，随笔卷与文学剧本卷，让我能够触摸到作者的心灵世界，同时也能够明白他的诗歌启蒙之源来自战时的豫南乡土民歌，来自他母亲和他母亲那一辈的农村妇女。当然，也有他阅读历史上经典诗歌的积累，以及对民间流传的刻印唱本的学习。

我读白桦先生的作品，总绕不开他的云南情结。原来白桦先生 1950 年随军入滇，在云南生活多年。那期间他大量吸收各民族民歌，主要以彝族、藏族、傣族民歌为营养。民歌教会了他怎样在抒情中叙事，怎样在叙事中抒情。这使他诗兴喷发，四千行的叙事长诗《孔雀》和六千行的叙事长诗《鹰群》便是那个时代的杰作。

二十一世纪初，我阅读长诗《孔雀》依然感到新鲜。《孔雀》取材于傣族最有影响的传说，描写了美丽民族的生活、爱情与理想。全诗写得激情澎湃，既有故事性又有趣味性。诗人在第六小节这么吟诵道："猎人向湖心射出了三支金箭，就像三只潜水的金燕；蔚蓝色的水底震动了。金箭敲响了水晶的门环……"就是这么一位歌者，1957 年被打成了"右派"，不得不辍笔了。

"文革"中，白桦先生到了武汉。他在"隔离审查"中，写了一些反对血腥武斗的诗歌。匿名传抄，并结集出版。"文革"后，他创作了一批经常在广场和体育馆朗诵的启蒙政治抒情诗，比如《阳光谁也不能垄断》等。而八十年代初，他的长诗《颂歌，唱给一只小鸟》和《追赶太阳的人》，在大学校园里广为传诵。

那时候我正在大学校园里读书，与同学一起朗诵过《颂歌，唱给一只小鸟》："面对大地母亲，我无以为报，我是在这里扎根发芽的一棵幼苗；亿万颗种子当中的一颗，在万劫中竟会造就成一棵小草。感谢大地母亲没有把我遗弃，她给了我生存的需要：一滴温热的泪水，以及日月星辰的微笑。我感到非常幸福，因为，应该得到的我都已经得到；我曾经负荷着过于沉重的冰雪，

顾艳与白桦　2002年10月在杭州

长时间倾听着朔风的呼啸……”作为大学生的我，朗诵时还不会懂得该诗歌对作者来说是一种深切的、出自肺腑的心声。

见到白桦先生是2002年末，那时候他在珠海完成了与导演严浩共同创作反映一百年前云南边陲的电视剧本，因浙江朋友之邀来到了杭州。我们在一家咖啡馆见面，他给我第一印象便是一个有艺术气质的忧郁诗人。这让我很快把他的人生经历与他的作品联系在了一起。

我们闲聊着。白桦先生说话的节奏，并不那么快。他总是略有所思，说说停停。我免不掉要提到他的电影《太阳和人》（剧本为《苦恋》)，那是1981年中国在“反精神污染”中被批为“毒草”的一部电影，白桦本人也受到了谴责与批判。他说他就这么“挺”过来了。我明白他这个“挺”字。人在“挺”的当中，是需要付出巨大的内心力量。

短短几小时的闲聊，白桦先生总是围绕着他的人生经历，以及那段不堪回首的苦难往事。诉说、冥想、沉思、忧愁。在我的感觉里，白桦先生似乎把自己禁锢在过去的坎坷岁月里，难以自拔。这是一种真正的疼痛，一种浸入骨髓的疼痛。

我想，这也是他几十年来惯有的思考方式，不可改变。无论他瞬间会有多么开心，沉浸在心底的却是永远的悲愁与眼泪。这虽然是我的直感，但是正确的。我们每一个人，都会有一种存在的方式，而一个人的习惯方式，便是他的存在方式。

我回过头来，朗诵大学时代朗诵过的白桦先生的诗：“感谢大地母亲没有把我遗弃，她给了我生存的需要：一滴温热的泪水，以及日月星辰的微笑。我曾经负荷着过于沉重的冰雪，长时间倾听着朔风的呼啸……”诗人在歌吟时是热血澎湃的，像海潮那样，激情喷涌而出；而当进入一个平常的自我时，却是难以卸掉背在他身上的那座已经变得无形了的沉重的冰山。我们帮不了他，他自己也帮不了自己。

叶楠先生已经去世了。他们那一辈的人，也一个个都老了，但仍然写作着、努力着。我无法对他们说什么，但在他们身上我看到了新中国的成长史，看到了一个作家的敬业精神。白桦先生今年已七十五岁高龄了，愿他保重、安康！

2005 年 10 月 16 日于杭州天水斋

载于《中国诗人》2005 年秋季卷

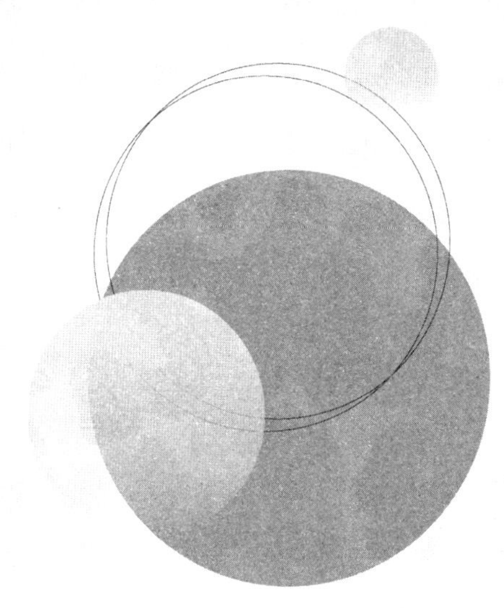

陈骏涛：灵魂的栖憩之地

在这二十多年里，陈骏涛先生为文学甘愿寂寞孤独、甘愿为之献身的理念不变。

顾艳与陈骏涛　2007年7月在北京

十年前，由方方介绍，我认识了陈骏涛先生。那时的陈骏涛先生正在主编一套后来在文坛很响亮的丛书——“跨世纪文丛”。我的小说集《无家可归》最早想参加这套丛书，后来我从美国伯克利加州大学访学回来，却被云南人民出版社列入了“她们文丛”。虽然我没有在陈骏涛先生主编的文丛出书，但他依然把我视为学生。我们断断续续有长达十多年的交往。

第一次与陈骏涛先生见面，是在他推荐我参加的1998年9月在北京与承德举办的“第四届中国当代女性文学学术研讨会”上。初见陈骏涛先生，只觉得他精神抖擞，看不出已到花甲之年。我们在会议的间歇，有过一些交谈，大抵是对女性文学的发展与趋向等问题交换看法。

后来，浙江省作家协会召开我的作品研讨会，我就向领导推荐，把陈骏涛先生请来杭州。与陈骏涛先生同来的，还有他的夫人。他夫人白皙、和善、热情。那几天，我与陈骏涛先生和他夫人，有了比较多的接触。无论在西湖游船上，还是在餐桌上，我们的交谈亲切美好，许多话题均能达成共识。

陈骏涛先生给我一本1996年出版的《文坛感应录》，它像一个迷宫，让我一下子无法进去。确切些说，我是先熟悉陈骏涛先生的为人，后阅读陈骏涛先生的作品。《文坛感应录》一书，有陈骏涛先生对中国文学的期待与思考，有对作家、学者作品的评论，还有一些序言、对话与理论文章。我从夏天开始阅读，一篇篇读下来，只觉得陈骏涛先生是那么的理性与冷静，像医生拿着手术刀。这与陈骏涛先生平时为人热情的秉性，有所不同。陈骏涛先生的评论文章每一篇都写得朴实，没有空话与客套，亦没有过多的溢美之词，却是相当地诚恳与实在。在谈武汉作家作品的感言里他说：“池莉的作品尚有待于提高，有待于将其本真的描写与现实主义的深度进一步交融。”

顾艳与陈骏涛　1998年10月在杭州

陈骏涛先生是一个情系文坛的人。他对各种新生事物，都有敏感的呼应与把握。那年他在环视文坛后说："若从题材取向上看，大致有这样三类作品：一是潜入内心的，二是还原历史的，三是直面现实的。三类作品如三足鼎立，均不可或缺。"

陈骏涛先生并非只关注作家作品，他对年轻学者的关注与扶持也是有目共睹的。黄子平、许子东、陈思和、南帆等，在他为报上所开的专栏里都有评论。在《文坛感应录》这本书中，也收有他为孟繁华、陈志红、陈思和等学人的著作写的序。在为陈思和《批评与想象》一书的序言文章里，陈骏涛先生所阐述的观点与见解，十多年后依然贴切到位。他说："陈思和之引人注目，不是始于他的巴金研究，而是始于他对中国新文学的整体研究。陈思和有一个十分突出的观点，即非常强调中国新文学的'现实战斗精神'。一种为呼唤现代文明，为改变落后现状而紧张地批判社会现实，热忱地干预当代生活的战斗激情。这种战斗激情为鲁迅等先行者所开创，为胡风等后继者所延续。"这是陈骏涛先生对赏识有才华学人的敏锐。

在这部《文坛感应录》里，我还喜欢陈骏涛先生一篇谈《新美学——历史批评综说》的理论文章。这篇理论文章从命题的产生，一直谈到综合性、超越性的批评范式，整篇文章的理论观点非常新颖、清晰。这是陈骏涛先生当年在文学批评上找到自己的一个最佳结合点，也是他倡导并坚持的"新的美学——历史批评"的立场；以致他后来的评论往往会从历史的深度来衡量作品的轻重。

2000 年 6 月，陈骏涛先生与他的弟子陈墨来杭州参加会议。我们又有机会见面了。这次见面我们三个人交谈得很开心，还在宾馆大厅留了影。我万万没想到陈骏涛先生回京后，大女儿被查出得了癌症。这如晴天一声霹雳，让陈骏涛先生的精神受到很大打击。他在给我的电话里声音低沉地说："你要保重身体，我女儿得了很不好的病。"我一时无语，不知该用什么方式安慰他。

自这一天后，每次听陈骏涛先生的电话，声音都是悲郁的。亲生骨肉的病，比生在自己身上还疼痛。从 2000 年 7 月，到 2002 年 7 月 25 日大女儿去世，这两年陈骏涛先生与夫人为女儿的病，辗转于京沪两地，住九次医院，做一次手术，无数次的治疗与化疗，看着女儿的痛苦，陈骏涛先生的内心痛苦无以名状。

然而痛苦着的陈骏涛先生，一颗游荡的心还是系在文学上。他是不能没有文学的，也是不能不拿起文学批评这支笔的。那两年他趁女儿的病稍微好转一点，仍然参加一些文学会议与活动。

陈骏涛先生是福建莆田人，十八岁考取上海复旦大学，从本科到研究生历时八年，师承中国近现代文学专家鲍正鹄先生。1964 年 3 月，到中国社科院文学研究所工作。1978 年后，历任《文学评论》编辑、组长、编委、编辑部主任等职。在《文学评论》任编辑的那些年，他总是能够发现新人，扶持新人；并以周柯为笔名，发表过几篇影响颇大的文章。前几天，陈思和先生告诉我："陈骏涛老师是我的学术引路人之一，他性格活泼，单纯坦白，没有心机，在北京文坛复杂的人际关系和派系斗争中，他始终以真诚坦率，以及对文学的挚爱赢得青年一代的尊敬。"

2002 年 6 月，陈骏涛先生来浙江省某地开会，会后他转道杭州回京。这是我们第四次见面了，原以为他因女儿的病情绪会很低落，见了面，看到他精神状态不错，心里暗暗为他高兴，以为他女儿的病正在一天天康复。遗憾的是，待他回到北京，女儿又住进了医院。这次进医院，便没有再出院了。陈骏涛先生与夫人，还有女婿与小女儿等家人日夜守护，终不能挽留聪明、美丽的女儿的生命。

在他女儿临终前几天，我接到陈骏涛先生带着哭腔的电话。我知道情况很不好了。一个父亲，要看着自己养育长大的女儿离去，那锥心的疼痛无以言说，我默默地为他女儿祈祷。

老年丧子的悲痛，一定是刻骨铭心的。后来的大半年，陈骏涛先生一直陷入难以释怀的悲痛中。每当他看到小外孙女，就会觉得这个没有了妈妈的孩子多么可怜。我们从陈骏涛先生为女儿写的《思念猫猫》《为女儿祈祷》的文章里，便能看到他发自肺腑的父爱是多么强烈、深邃。

那年深秋，陈骏涛先生寄给我新出版的评论集《世纪末的回声》。这是陈骏涛先生第四部评论集，我收到后即阅读了一部分。我发现陈骏涛先生的这部书与《文坛感应录》有所不同。如果说，《文坛感应录》所着重关注的是二十世纪八十年代中青年学者与作家；那么，《世纪末的回声》更多的是关注女性文学与对自己人生流淌过去的岁月的追忆；从而也就更体现了他对“新美学——历史批评”理论的信念。比较而言，这部书比《文坛感应录》更多了亲情与友情。某些章节，其实就是抒情散文与随笔。明眼的读者，不难看出陈骏涛先生对新时期文学、新中国文学，以及二十世纪中国文学的“世纪之思”的整体性历史框架的把握。

这部书，陈骏涛先生也收有为我的长篇小说《疼痛的飞翔》写的序文，以及创作通讯《转换的艰难》。他在序文中说：“尽管如今是个崇尚物质的时代，但作为一个知识女性作家，顾艳却一直执着于精神性的追寻。对精神性的追寻，构成了顾艳作品的一个突出的特色。”这是陈骏涛先生读过我不少作品后而言的。

《世纪末的回声》这部书，最吸引我的还是《世纪末的中国文坛——与梁丽芳对谈》。这个对谈做得十分宽泛，它涉及了世纪末中国文坛存在的诸多问题。譬如：“世纪末华丽的空衣架”，“知青作家该如何反思自己的历史角色”，“伟大的作品必须有一种深沉的思想来支撑”等话题，读后有一种凝重与紧迫感。除此，《游戏的陷阱——关于〈断裂：一份问卷和五十六份答卷〉的对话》也颇感有意义。在对谈中，似乎对某些现象具有学理性的否定与阻击。而《女性写作的“私人化”与价值目标》一文，道出了“本色演员”与“角色演员”的话题。这对女性文学来说，也许是个重要话题。女性写作者如何走出本我，走向更广袤的世界实在很重要。

转眼，到了2005年9月，我送女儿上北京大学读书。陈骏涛先生与他夫人得知后，非要到我所住的旅馆看我。天很热，我去车站接陈骏涛先生。三年没见，他一见我就说自己老了，而我并不觉得他老啊！我想陈骏涛先生虽然是我的前辈，但他对文学的挚爱，那颗心依然年轻。中午，陈骏涛先生一定要请我与女儿吃午饭。我们在北大万柳学区的小餐馆里吃饭。我们边吃边聊，聊得很开心。我从没见过陈骏涛先生这么开心的，但我知道他很注重有才华的人；看到我女儿解芳考上北大，他是打心里高兴。

从北京回来，我就想写陈骏涛先生的印象记了。一直拖至今日，其主要原因：一是我没有找到他另外两部评论集，二是我写这个文章肯定要写到他去世的女儿，心里便惶惶不安。我不想揪起他的隐痛，但我亦不得不写。

前不久，我在图书馆终于找到了他的第一部评论集《文学观念与艺术魅力》。这部1986年出版的已经泛黄了书页，让我回到大学时代的阅读记忆中。他所论述的那些作品，譬如：李国文的《花园街五号》，张承志的《北方的河》，航鹰的《金鹿儿》等，都是我当年喜欢的小说。

陈骏涛先生的这三部评论集，如果让我选择最喜欢的，我会毫不犹豫地选择《文学观念与艺术魅力》。这部评论集让我看到的文坛很纯粹、很安静，嗅不到浮躁与急功近利；同时也看到了陈骏涛先生正当年华时，对作品，对问题的深刻分析与判断，其独立的思考力，以及敏锐的感悟力，在这部集子里不言而喻。

陈骏涛先生的第二部评论集《在传统和现代之间》，据陈骏涛先生说："我自己也只拿到几十本样书，没看到上书市的。"陈骏涛先生写给我此书的内容简介是这样的："本书分上、中、下三辑，分别对近年来文学发展的基本态势、一些有影响的作家作品、文学批评建设和'第五代批评家'等问题作了论述；思理明晰，思路畅达，文气贯通。从中不仅可以领悟到一个当代学人的真知灼见，还可以见出一个有个性的批评家的追求和风采。"

综观陈骏涛先生的这三部评论集，就像逻辑递进关系一样。一路读来，宛如走了漫长的二十多年。在这二十多年里，陈骏涛先生为文学甘愿寂寞孤独、甘愿为之献身的理念不变。他依然热情而诚恳，宽容而谦逊，敏感而扎实，不哗众取宠，让孤寂的灵魂栖憩在文学的土壤上，默默地继续前行。他前行中的孤寂，幻化为灵魂的剪影，定格在我的视野中。

2005年12月4日于杭州天水斋

载于《这一片人文风景》河北教育出版社2007年1月版

载于《青岛文学》2008年3月

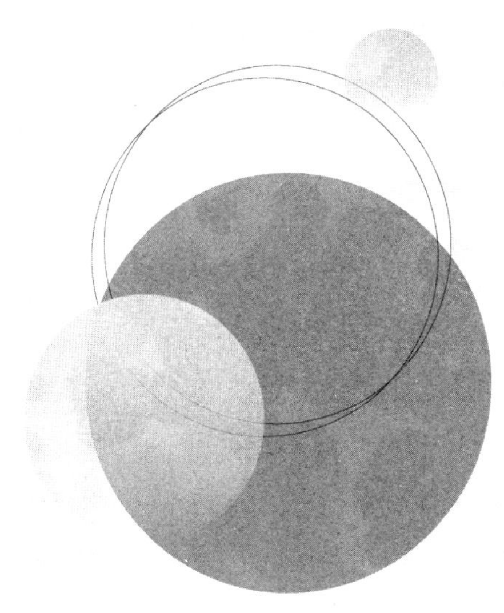

独钓寒江雪

——王岳川印象

他让我看到一个高远、深邃又美好的形象，也看到了中国思想明朗的未来。

顾艳与王岳川　2005年9月在北京

2001 年 4 月，我在《文艺报·摄影导报》上，看到王岳川先生的摄影理论文章和他的大幅照片。照片上的王岳川，看上去很有文化底蕴和学养。摄影导报主编成东方先生打电话问我有否收到样报时，我说："最近这一期导报的文章和照片都很好，那个王岳川好像很有底蕴。"

"那当然。他是北大教授，著名学者呢!"成东方谈起王岳川，滔滔不绝。我对王岳川的最初印象，就是从成东方这里来的。成东方不是学者，他所谈的王岳川，是一个艺术的王岳川。比如：王岳川能拉二胡、弹钢琴，写得一手好书法，还能把歌唱到专业水平。

2001 年 9 月，我在《山花》发表了随笔《杭州话题》。收到样刊时，看到目录上有一个王岳川的访谈：《全球化语境中的当代思想问题》。这个访谈做得很好，它涉及了德国与法国哲学家对当代中国的影响，哲学与文学的界限，精神深度与实用主义之分界，以及后现代主义与后殖民主义等。王岳川在访谈中说："现在学术界很多人害怕思想、憎恶思想。我认为思想本身是无罪的，只有思想的极端形式或者极端地扼杀思想是有罪的。因而，应该提倡宽泛地多层次地文化对话。其实，人无论中西古今都是有缺点的，而这才是真实的人。这就意味着，新世纪的中国人必须认识到自己的缺点，让各国朋友提意见，这样中国才会真正进步。只有在东西方互动的良性条件下，新世纪'中国形象'才会真正建立，才能使中国从二十世纪的文化'拿来主义'，走向二十一世纪的文化'输出主义'"。

王岳川说得有道理。他的思维方式和思考问题是"中国"的，不是"小我"的。站在中国立场上向世界发问，也许是二十一世纪中国知识分子的责任。

今年5月我去广东参加一个诗会，会上遇见了王岳川教授。这使我想起前几年成东方先生在电话中喋喋不休地向我介绍他的情景。朋友的朋友，仿佛就是我的朋友。我一见到王岳川就像老友重逢似的，热情地与他打招呼聊天。我们聊得很好、很投缘，对许多问题和观念都能达成共识。他提出的发现东方，重塑中国文化精神，在全球化语境中坚持中国文化输出的这一理论体系，具有学术使命感和思想前沿性，让我感兴趣。

几天的会议匆匆而过，王教授在会议上很有风度的发言，给我留下深刻印象。回到杭州，我在电脑搜索栏里打上王岳川的名字，几千个王岳川的条目就出来了。我这才知道王教授是四川安岳人，1982年毕业于四川大学中文系，1988年获北京大学硕士学位，并留校任教，1993年破格晋升为教授，成为享受国家特殊津贴的专家和博导。著有《艺术本体论》《二十世纪西方哲性诗学》《中国镜像：九十年代文化研究》以及新著《发现东方》等重要前沿性学术理论著作。

从前，我读过不少文艺美学和哲学方面的书，要么是西方的，要么就是古代中国的。中国现当代的，仅读过宗白华和朱光潜的文艺美学著作；似乎少了一些。我决定花些时间，系统地读读中国当代理论批评家的著作。

在图书馆，我最先借到王岳川教授的《中国镜像》《全球化与中国》《后现代后殖民主义在中国》。这些都与中国大主题有关的书，让我十分惊讶。

“他在思考中国。”我情不自禁地脱口而出。

我很快读完了王教授的这三本书。这三本书给我的感觉和思考：中国在前进，中国的学界和文坛又该如何前进？《中国镜像》是一部从思想角度来阐释后现代的理论著作。王教授所关注的是后现代进入中国社会后，文学由社会批判推进到文化批评，从相对褊狭的作家和文本中心批评，走向多元文化诗学批评。同时，他又尖锐地指出："文学和艺术走向'后现代'时，代价是沉重的。比如，当作家和艺术家不再叙写艺术真理和历史深度时，他退回了小我，玩弄自我感觉。于是对个人隐私和边缘生活的展示成为时髦，个人的超越性思考和精神性体验遭到讥讽……"王教授的忧患意识，让我想到当今不少学者虽具有丰富的知识，渊博的学问，却缺乏自己独立的思考、见解、立场和领悟人生意义的智慧。

前不久，在网上读到一篇《童心慧眼王岳川》的文章，似乎对王岳川教授有了更深一层的了解和理解。王岳川教授十四岁当了少年知青，有一次去放牛，从牛背上摔到了山崖。那是一个幼小的生命，第一次对死亡的体验。三十八岁那年，他为了完成一部自己的著作，高烧 41 度，孤零零地躺在医院病床上，又一次体验了死亡的滋味。然而，他的生命一次又一次出现奇迹。他已真正懂得了"向死而生"的道理。因此，他把学术做得人与学术不分。他的学术理念是："国学根基、西学方法、古代坐标、当代问题。"他强调这中、西、古、今四条"腿"，缺任何一条腿，学术平台都将摇晃或者坍塌。

与王岳川教授第二次见面，是在今年 7 月某一天的北大校园里。那时候我带女儿去看未名湖，又去看季羡林先生栽种的荷花。天很热，与我们不期而遇的，还有北大中文系副教授王丽丽和《中国教育报》记者赵小雅等，这些都是王教授的弟子。王教授的摄影技术不错，他给我们母女照的合影，不仅取景效果好，还抓住了两个人的神态和动态，看上去比较和谐鲜活。

顾艳与解芳　2004年7月在北大未名湖畔

我们在北大勺园9号楼餐厅就餐，团团一桌，王教授的弟子们个个能说会道，话起当年，那份亲切的回忆，溢于言表，让我看得既羡慕又向往。午餐后，我们去唱了卡拉OK；第一次聆听王教授的歌喉，确实有点震惊。他怎么能把歌唱得这样好？像纵马奔驰在草原，音域宽宏辽阔。

我们一直唱到黄昏时分，然后去王教授的家。王教授的家，在北大中关园那栋墙壁灰暗的楼房里。居室不大，却墨香满屋。四壁都是大书橱，地上还堆着层层叠叠的书。人在其中，就像置身在书海里，令我觉得王教授宛如一块海绵，每当夜深人静时，他就不断地吸取知识的精华。

我心里念念不忘王教授二胡拉得最拿手的瞎子阿炳的《二泉映月》。他说："从前每逢中秋的深夜，我都要去未名湖畔拉琴。有一次我拉琴而琴声忧伤，有一老人误以为我想不通要寻短见，老盯着我不走。"王教授说这些时，内心充满了对音乐、对生命的感悟和体验。

《二泉映月》的旋律响起来时，王教授已进入状态，拉得如痴如醉了。我几乎是屏住呼吸，侧耳倾听的。瞎子阿炳的沧桑，在他弦中如泣如诉。谁为苦难而辉煌，谁为沉重而美丽？弦啊，在这朦胧的夜色里，又有谁为这苍凉的音乐加一件寒衣？我听得泪花闪闪，喉咙哽咽，这满把的音乐是一种境界。

从北京回来后，我系统地阅读了王教授的著作。从《艺术本体论》《二十世纪西方哲性诗学》到《中国书法文化精神》《发现东方》等；它们给我一个清晰的精神脉络，便是王教授在学术上的转变与深化过程。他似乎是从国学到文艺美学，然后转向西学、转向文化研究，再回过头来研究全球化中遭遇到的国学问题。

我曾在王教授的一篇文章中看到这样一段话："在大学期间，每天十几个小时昏天黑地狂读诸子、经史，尤喜老庄。苦读苦背是我大学生活的唯一'活法'。……大学毕业后，我分配到国家教委工作。'北大情结'使我除了工作以外，每过一两周必去北大和北图。总想对先秦至明清的思想史，逐一下番功夫。然而却感到心气不足、功力不逮。有一次，我来到冰天雪地、狂风呼啸、空无一人的未名湖，静静地看、静静地坐、静静地思、静静地感受大风的鼓荡。猛地体悟了'独钓寒江雪'的寓意，坚定了进入燕园深造的念头。"

王岳川教授是刻苦用功的。他考入北大研究生后，第一年就翻译了二十万字的《文艺现象学》，还写出一部二十五万字的《艺术本体论》。《艺术本体论》是国内第一部全面研究文艺本体论的学术专著，它着重研究了艺术本体论的三维构成，以及追问艺术本体论何以为当代美学的核心。

王教授说："在本体论的研究中，我始终认为孔子、老子、苏格拉底、柏拉图、尼采……这些东西方大哲和我是同一代人。我们面对同一个问题：就是怎样生、怎样死。与他们对话，就是在思考个体生命的存在意义。因此，我坚持学术研究'三眼'：深情冷眼、童心慧眼、平视之眼。只有这样，才能获得这种与天地万物平等对话和与中西大哲思想问答的精神高度。"王教授这一番话，是他多年苦心钻研后对生命的体验。他是醒着的学者，梦和理想，有"知其不可而为之"的精神。

在王岳川教授的众多著作中，我最喜欢他的新著《发现东方》。《发现东方》，是王教授整个研究过程中的又一次新转变。这个转变，十分重要和必要。在学界，抑或是在文坛，哪怕是现实生活中，我们大部分人的生活方式，以及审美趋向已相当西化。谁来拯救东方文化？谁来输出中国文化？王教授在二十一世纪中西文化何去何从时，及时提出并构建了“发现东方与文化输出”。这两大战略思想，无疑是推动中国文化滚滚向前的。

拿王岳川教授自己对《发现东方》的阐释：“注重一个世纪西学进入中国以后，怎样改写了我们的思想和语言方式，并探讨中国传统资源，在后现代世界重获阐释的可能性。我不相信中国文化五千年的文明，在一百多年的历史中就烟消云散；而要采用福柯的知识考古学方法，考察中国文化哪些部分已经死亡了或永远死亡了？哪些部分变成了博物馆的文化只具有考古学的意义？哪些部分变成了文明的断片，可以加之整合，整合到今天的生活中？……中国文化作为中国思想中精微的部分，能承载二十一世纪独特的中国本土精神，并对人类的未来发展尽一份文化重建之功。西方中心主义立场的解读，并不能‘发现’一个真实的中国。中国‘文化输出’和‘发现东方’不可能靠西方‘他者’，只能在全球化和后殖民语境中，中国学者自己发掘出中国文化新精神，从而使中国文化不在新世纪再次被遮蔽。在借助‘他者’力量的同时，我们应该自己说话，使中国文化得以在新世纪的全球文化平台上‘发言’。”

王岳川教授从事创作和学术研究二十多年，他已获过很多重要的学术奖项并多次出席国际会议；但他对自己的要求，似乎每一次学术上的转变，都是从零起步。成果卓著、名气很大的他，却为人温和，平易近人，对许多事物都有自己的理念、观点和立场。这些天是国庆五十五周年的节假日，我步门未出，想着祖国的繁荣昌盛，心里就想脚踏实地地干些事情。

我重温王教授的著作，触摸他书中创造性的思想是一种快乐。然而，这种快乐很快被脑海中一个“独钓寒江雪”的意象所淹没。眼前出现一片冰天雪地，一个独行僧踽踽地走在大地上，逼视着自己的灵魂，像荆棘鸟以胸刺血般地独自反省和言说。这就是王岳川教授给我的真实感受。因此，无论学术还是音乐、书法，王教授都是博大精深的。如今依然年轻的他，正是“路漫漫其修远兮，吾将上下而求索”的黄金时期。他让我看到一个高远、深邃又美好的形象，也看到了中国思想明朗的未来。

2004 年 10 月 5 日于杭州

载于《作家》2005 年 7 月
载于《楚天都市报》2005 年 12 月

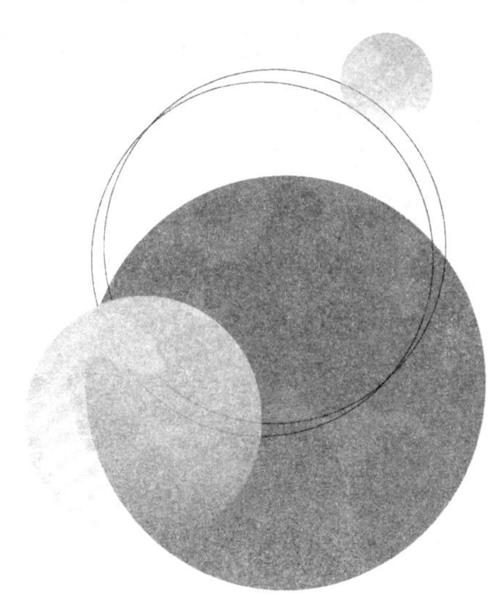

让苦难变成海与森林

——陈思和印象

陈教授的学问大，功底扎实。
他既是一个海，又是一片森林。

顾艳与陈思和教授　2006年4月在复旦大学

最早读陈思和教授的书，已经是 1998 年了。那时候，我刚从美国访学回来，第一次得到陈教授的赠书《黑水斋漫笔》，心里蛮高兴。我望着他鲜活的签名与盖章，由衷地感到一股温馨。正如他书中夹着的短信所言："这年头最快活的事，就是读到朋友的作品了。"

我一字一句，从头到尾读完《黑水斋漫笔》。《黑水斋漫笔》，给我的知识量与信息量都很大。我在此书中知道他早年师从贾植芳先生，知道巴金这个名字刻进他的脑际，源于《憩园》中被妻子与大儿子赶出家门的杨梦痴瘦长褴褛的影子在夕阳下慢慢移动，而他的小儿子寒儿为寻父爱的情节，震撼着当年同样年少的陈思和的小小心灵。从此，朦胧中的少年陈思和觉醒了。

陈思和的恋父情结是与生俱来的。在他二十个月的时候，父亲"支内"常年居住西安。他随母亲、外祖父母与两个妹妹居住上海。父亲烟酒厉害，有时寄些钱回家，有时就不寄。母亲每月都愁家里的开销，十四岁的他不得不担当家庭"主管"；由母亲给他六十元左右，负责开销全家生活。小小陈思和要承担一个大家庭的柴、米、油、盐、酱、醋、茶，与三顿饭菜，房租水电费，实在是件不容易的事。

他承担了下来。

这苦难的日子，给我带来共鸣。当读到他因为没有钱，只能买六分钱一只的酱麻雀权当是酱鸭时，我的童年的、少年的苦难场景，如同电影一样一幕幕展现在眼前。书读到此，我与作者的心灵完全相通了。就像作者当年刻进"寒儿"与"杨梦痴"一样，我的脑际里刻着一个小小少年为全家的开销用空火柴盒分门别类地写着"房租费""水电费""菜金"等，以及他拎着一串酱麻雀时，那种想告诉妹妹权当是酱鸭的欣喜与苦涩的心情。

读罢《黑水斋漫笔》，我得出了一个结论：他是一个海。于是，我决定在这个海里，做一块海绵。我去图书馆外借部，借来了他著的《人格的发展：巴金传》《马蹄声声碎》《中国新文学整体观》。这三本书我尤其喜欢《人格的发展：巴金传》，它是我所看到众多巴金传记中，最具个性和学术特点的作品。全书以“人格的发展”为主线，勾勒巴金前半生人格形成、发展与高扬的历程，表达经过“五四”洗礼的一代知识分子，在二十世纪上半期中国风云变幻背景下，探寻真理、寻找道路的艰难历程。让我们看到作者笔下的巴金是立体的、有着信仰与理想的；而这信仰与理想，又是极其真诚的。它使我们很平实、很朴素地接近巴金。它又为我们能够明白无误地解读巴金作品，开启了一把钥匙。

我漫游在《人格的发展：巴金传》中，在字里行间呼吸着、感觉着。作者是用自己的眼睛去观察，用自己的心灵去触摸，用自己的智慧去明白、去接近巴金，懂得巴金的，懂得巴金多么不容易。作者能透过外表看内质，透过时代背景看思想深度，透过明白易懂的文字，看藏在语言背后的力度。特别是当作者谈到巴金晚年撰写《随想录》时，由于年岁大，手颤抖得厉害，每写一字都很痛苦。有时右手停在那里一个字也写不出，要用左手推一下才可以写下去。我顿时感到了一个老人的忏悔、艰难与固执，这艰难与固执让我体会着老人“以血代墨”的沉重。

这样沉重的人生，巴金老人度过了一辈子，却仍然紧紧守住不愿放弃。不放弃，老人在痛苦中才能感到生命的疼痛、充实与力量。这是多么高贵的人格魅力，不由得让我想起老人晚年强调的“说真话”。

《中国新文学整体观》是陈教授 1987 年 6 月出版的一部纯理论著作，许是他第一部理论著作。它让我看到当年一个青年学者用“整体观”的视角，探索与阐释中国新文学史的野心。我一章章地读下去，发现每一章都有着从“五四”到“新时期”的历史环节，它们不是局部的、某一历史阶段的问题，而是贯穿整个新文学史的现象。在当时“西学东渐”的背景下，不少学者追随萨义德、德里达、海德格尔等西方热门理论家，年轻的陈思和却有着自己的设想与对中国新文学整体观的探索。这不能不说其出发点与生命内核，都是在为后来建立属于他自己的理论体系，打下扎实的基础。

我始终认为理论有别于评论，理论是创造思想体系的；而一个学者要建立自己的思想体系，又何其艰难。陈教授的这本理论著作，不是大而无当的空头理论。它让我感到一种实在，使我能够触摸中国新文学史“前三十年”与“后三十年”的关系，中国新文学现代主义思潮与现实主义思潮的关系，中国新文学当代意识与文化传统之间的关系。正如他在此书第 68 页中所说：“中国新文学每完成一个圆形的轨迹时，总是高于原来的起点，而不是封闭住自身。”

读完全书，我并没有感到理论书的枯燥。这在于陈思和写得比较“贴”。他在阐述其观点的同时，总是有具体的文本实例，让读者有枝可依；即使写到西方文化在宇宙观上的差异，他也会写得比较具体而形象；这便是我一本又一本阅读他理论与评论著作的理由。

我生性怯懦，多年来与陈教授的交往不多。除了给他寄我的新书，便没有什么联系了。读他书后的一些感想，一些观点，也一直藏在心底，一年年积累。我知道陈教授很勤奋、很用功。他自小遵循“黎明即起”的古训，为让自己不睡懒觉，十几岁时便苦读得有点儿自虐。每天临睡前必喝一大杯白开水，不到“五更”，非醒来如厕，接着就披衣而起。他常常敲自己的警钟：“千里之堤，溃于蚁穴。”在他看来，睡个懒觉便是何等的堕落了。

2001 年初，我买到陈教授主编的《中国当代文学史教程》，此书是大学中文系必读之书。它打破了传统文学史的写作格局，将文学史知识压缩到最低限度，以共时性的文学创作为轴心，在对具体作品把握和理解的基础上，以文学史多元化的整合视角，对作品做出多义性的解读与诠释，从而探究知识分子的“人文精神”在国家意识形态的强行整合下曲折地延续、生存与发展的流程，力图将文学史成为一部知识分子的灵魂史。显然，这是一种文化史、文学观的体现，它所强调的是打破以往文学史一元化的整合视角，以共时性的文学创作为轴心，构筑新的文学创作整体观。书中有不少作家图片，以及作家的简介，读之感到亲切。

《中国当代文学关键词十讲》与《中国现当代文学名篇十五讲》，都是作者近些年的作品。在《中国当代文学关键词十讲》中，我对《当代文学观念中的战争文化心理》，尤其感兴趣。作者谈到从抗战爆发到 1949 年后，到“文化大革命”这四十年，是中国现代文化的一个特殊阶段。战争因素深深地锚入人们的意识结构之中，影响着人们的思维形态和思维方式。当带着满身硝烟的人们从事和平建设事业后，文化心理上依然保留着战争时代的痕迹。作者准确无误地道出：那个年代人们对外来文化的本能排斥。

《中国现当代文学名篇十五讲》，讲述了现当代名著十二部。《狂人日记》《生死场》《电》《雷雨》《边城》等，其中也谈到文本细读与文学史教学。关于教学，让我想起陈思和自 2001 年 9 月任复旦大学中文系主任，在半年时间内就做了两件实事：一、改革系务，实行系务决策民主化和公开化。建立中文系内部局域网，将系里所有决策计划上网公布；将所有牵涉到职称评定、出国讲学、进人留人的事情全权交给学术委员会，由民主投票决定，再成立全体教授会，共同策划系里事务。二、课程改革，重新建立以原典精读为核心的中文系课程计划，计划在中文系一二年级阶段共开设二十门原典精读课程，让学生掌握一套扎扎实实的“看家本领”；不讲宏大叙事，老老实实读文本。

陈教授的才能是多方面的。除了教学上的改革，他还出任《上海文学》主编。这与他崇尚巴金有关。他说：“巴金不仅仅是作家，他还是出色的编辑家，编辑出版活动贯穿了他一生。”当然，陈教授之所以受聘出任刊物主编，首先是对《上海文学》二十多年坚持纯文学道路的钦佩，其次是源于对把一生献给文学的已故前任主编周介人的怀念；同时他有自己的主张与理念，并一定要像巴金那样，给文学作者搭建一个好平台。

最近，陈教授来杭州“浙江人文大讲堂”演讲，我才第一次见到他。那天已经是晚上九点多了，我一下出租车便远远地看见陈教授站在大厅里等我们。他与图片上的形象没什么两样，但他的个子比我想象的高。我们就坐在宾馆大厅的咖啡厅里闲聊，此时咖啡厅只坐着我们三个人，很安静。虽是第一次见面，但彼此都有一种见过的感觉。

我女儿今年考上北大中文系，陈教授赠她一本《谈话的岁月》。我们的闲聊就从我女儿的学习、弹钢琴、写小说开始。聊着聊着，时光不知不觉已过去了两个小时。陈教授第二天一早要演讲，我们便起立，合影、留念。告别时我说：“明天我们一定来听你演讲。”

与陈教授见面，只感到时光匆匆。我满脑子想着他一整套有关二十世纪中国文学史的理论，如：战争文化心理、民间文化形

顾艳、解芳与陈思和　2005年7月在杭州

态、潜在写作、共名与无名等文学史理论新概念。本想与他好好探讨，见到他时却只字未提，留下深深的遗憾。

第二天上午“浙江人文大讲堂”，近千名来自社会各界的观众，倾听了陈教授关于《人文教育的位置》的演讲。我与女儿都是第一次听陈教授演讲，只觉得他的演讲流畅、朴实又幽默风趣。什么是人文教育？陈教授的观点：“没有人文理想是不行的。什么样的教育培养什么样的人才，什么样的人才产生什么样的社会，教育永远是最重要的。对孩子来说，最重要的世界就是心灵世界，也就是人性的世界。”

我从图书馆又借回来了陈教授的《不可一世论文学》，及他与杨扬编著的《90年代批评文选》。我很想读他2004年4月广东教育出版社出版的《草心集》，该书有他为纪念母亲去世而写的《母亲的手》，亦有他的导师贾植芳与师母感天动地的夫妻情，还有怀念杭州籍作家无名氏先生与论述鲁迅的《野草》等。

说起鲁迅，我的思绪就跑得很快。鲁迅二十世纪二十年代不在教育部做官，靠赚稿费为生，《野草》是鲁迅转型期的作品。它的语言旋律与节奏感，使人感到时而铿锵、时而悠扬、时而跳荡急促、时而舒缓沉重；这节奏感无疑是鲁迅灵魂游离了躯体的杰作。

记得陈思和写过《三论鲁迅骂人》一文，他对鲁迅的了解与理解都是透彻的。他说：“我有时候总会情不自禁地感到庆幸：幸而中国二十世纪文学有了鲁迅，就如同欧洲的二十世纪文学有了卡夫卡。后者在高度发达的现代文明中真实地感受到了压抑与绝望，而前者则对本国的精英们梦寐以求的西方现代化的样板抱着深深的疑虑。似乎只有鲁迅才敢说：‘有我所不乐意的在天堂里，我不愿去；有我所不乐意的在地狱里，我不愿去；有我所不乐意的在你们将来的黄金世界里，我不愿去！’一种哪儿也不向往，没有第二空间，也没有第二时间，就只是牢牢地粘在现实的土地上，与种种鬼魅死缠滥打，并由此，升腾起中国知识分子的良知与灵魂。”

这部《不可一世论文学》的书，分上下两编。上编：作家心迹探讨，有论述王安忆、阎连科、张炜、莫言、韩少功、林白的小说。下编：跨越世纪之门，是一些“序”文。

也许我秉性中有对“恶魔”的喜好，一看到书中有两篇题为：“试论阎连科《坚硬如水》的恶魔性因素”与“试论张炜小说中的恶魔性因素”，便产生极大的兴趣。

一口气读下来，我觉得作者的笔力，力透纸背。从古希腊到二十世纪的西方文学，恶魔性（the daimonic）的传统一直没有中断。德国大作家托马斯·曼的长篇小说《浮士德博士》与俄国陀思妥耶夫斯基的《卡拉马佐夫兄弟》，都具有一种“恶魔性——魔鬼”的对应结构。

然而，在中国的“恶魔性”小说里，作者够敏锐、够具审美力地指出：“关于恶魔性的审美因素及其精神构成在中国当代文学中还远远没有充分地展开，阎连科与张炜的小说所呈现的恶魔性因素都仅仅在原欲（原型的欲望）的层面上有所涉及，还没有达到西方现代文学具有的令人战栗的深刻程度，诸如‘恶’的人性因素、罪感与忏悔、复仇与恐怖等等。”

我十分喜欢这两个“试论”文章，不仅因为作者写得完整而精当，主要还有一种对“中国式恶魔”的探寻。这一探寻，其路便无限宽广，大大颠覆了从前古老中国文化中的人性理论，也颠覆了几十年来支配中国社会的信仰、伦理、人文，以及种种意识形态。

收在《不可一世论文学》的莫言论，虽然只第一部分，但作者严谨密实的论述，似乎让我大气不喘地一口气读了下来。以我之见，此论述颇与莫言文风相融。它驱使我们要去看莫言那些来自民间的充满恶意、卑劣和愚蠢的小说世界。而《林白论》，让我感到亲切。作为一个男性学者，能够如此站在女性的角度与立场，来论述女性作品、理解女性，着实不多。那种对女性的深深理解，让我想到从小与母亲、妹妹生活在一起的作者，对女性的苦难、女性的坚韧是早有洞察的。只有站在女性的角度与立场上论述女性作品，才不会“隔”，才能呼吸到从女性生命底蕴中散发出来的芳香。

陈教授的学问大，功底扎实。他既是一个海，又是一片森林。我在海里像海绵一样吸取营养，又徜徉于森林中呼吸氧气。我想倘若再过上一百年，他的这些作品仍然会像古老的银餐具那样，成色依旧纯正地展现着它的分量。这是一种感觉，来源于他的博大精深，来源于他对中国文学的着眼点。

2005 年 8 月 2 日于杭州

载于《作家》2006 年 1 月

载于《芳草》2006 年 11 月

载于 2006 年中国文化部《文化月刊》

后记：印象和素描

顾　艳

2004年开始，我利用教学和写作的空隙时间，与解芳一起采访了林白、徐坤、徐小斌、莫言、陈思和、止庵、陈村等数十位作家，随后解芳整理录音和笔记，我即开始给我熟识的作家朋友写印象记。断断续续写了几年，大约有四十多篇。印象记有多种写法，但我对笔下人物的理解，始终与他们所写的作品分不开。什么样的作家，成就什么样的作品。

作家在写作中，最能释放自己。因此，我通过细细阅读他们的作品，进一步认识和理解他们的人生经历和阅历，从而使原来认识他们的平面形象，有了立体和升华。

前不久，我把从前写的、曾经发表在杂志上的若干《作家印象记》，发表在了自己的公众号里，陈骏涛老师阅读后，建议我精选一些结集出版。这是一个非常好的建议。

选在这个集子里的二十四篇“印象记”（其中《马原与虚构》为解芳执笔），都有他们的独特之处；在此，我们要感谢“游读会”赵春善先生以最快的速度策划出版《早安，写作》这部作家写作家的印象记。同时，我们也希望读者朋友们走进我笔下的作家们的灵魂世界，与他们亲切交谈。

我们在这里相逢，我们充满自信，我们的世界会变得更加美好！

2017年8月27日写于美国莱克星顿

图书在版编目（CIP）数据

早安，写作 / 顾艳，解芳著. — 南京：江苏凤凰文艺出版社, 2018.8

ISBN 978-7-5594-2242-2

Ⅰ. ①早… Ⅱ. ①顾… ②解… Ⅲ. ①随笔—作品集—中国—当代 Ⅳ. ①I267.1

中国版本图书馆 CIP 数据核字(2018)第 121491 号

书　　名　早安，写作

著　　者　顾　艳　解　芳
责任编辑　姚　丽
助理编辑　姜艳冰
出版发行　江苏凤凰文艺出版社
出版社地址　南京市中央路 165 号，邮编：210009
出版社网址　http://www.jswenyi.com
印　　刷　苏州越洋印刷有限公司
开　　本　880×1230 毫米　1/32
印　　张　7.5
字　　数　140 千字
版　　次　2018 年 8 月第 1 版　2018 年 8 月第 1 次印刷
标准书号　ISBN 978-7-5594-2242-2
定　　价　39.80 元